우리들의 문학시간

우리들의 문학시간

초판 1쇄 발행 2021년 1월 10일
초판 4쇄 발행 2022년 2월 10일

지은이 하고운 | 펴낸이 임경훈 | 편집 정유민
펴낸곳 롤러코스터 | 출판등록 제2019-000296호
주소 서울시 마포구 월드컵북로 400 서울산업진흥원 5층 2호
전화 070-7768-6066 | 팩스 02-6499-6067 | 이메일 book@rcoaster.com

ISBN 979-11-91311-00-6 03810

이 도서의 국립중앙도서관 출판예정도서목록(CIP)은 서지정보유통지원시스템
홈페이지(http://seoji.nl.go.kr)와 국가자료공동목록시스템(http://www.nl.go.kr/kolisnet)에서
이용하실 수 있습니다.(CIP제어번호: CIP2020053353)

KOMCA 승인필

롤러코스터
Rollercoaster
Press

우리들의 문학시간

하고운 지음

과학고 국어수업 3년의 이야기

문학시간의 친구들

5년 만에 학교를 옮겼다.

수업을 하면서 자주 울었고, 내 몸을 돌보지 못해 체력이 급격하게 떨어졌다. 당시 건강이 나빠진 게 학교 때문이 아니었는데, 비겁했던 나는 학교 탓을 하고 싶었다. '여기 아이들은 나랑 안 맞아. 좀 더 좋은 환경에서 근무하고 싶어.' 힘들었던 이유가 교사로서 학교를 '처음' 겪었기 때문이라는 것을 몰랐던 나는 첫 학교에서 5년을 채우고, 도망치듯 과학고로 자리를 옮겼다.

과학고에서의 국어 수업은 무척이나 신선했다. 수능으로 대학에 가는 학생들이 극소수였기 때문에 국어 과목의 입시

부담이 크지 않았다. 실제로 과고 학생들은 문과 과목의 성적에 상대적으로 신경을 덜 썼다. 일반고에서 중요 과목이 국·영·수라면 이곳은 수·물·화·생·지였기 때문이다. 그런데 나는 그런 대우가 싫지만은 않았다. 누군가의 간섭 없이 내 마음대로 수업을 기획하고 꾸려나갈 수 있으니까. 그건 정말이지, 아… 새로운 세상이었다.

교과서 없는 국어 수업. 수업의 목표를 정하고, 아이들과 함께 읽을 텍스트를 정성 들여 고른 후, 같이 머리를 맞대어 질문을 만들고 이야기하고 글을 쓰면서 나는 일종의 희열감을 맛보았다. 그렇게 과학고에서의 첫해를 보내고, 2016년에 1학년 담임을 맡게 되었다. 1학년 6반이었다. 2년 만의 담임이었다. 과학고에서 처음 만난 아이들이 너무 좋았다. 그래서 3년을 그 아이들을 따라 올라갔다. 2학년 7반, 3학년 6반 담임으로, 그리고 3년 내내 함께한 유일한 국어 선생님으로.

매 학기 첫 국어 시간, 교실문을 열고 들어가 "지겹지, 얘들아? 또 나야." 하면 몇몇 아이들은 으악 소리를 지르기도 했고, 몇몇 아이들은 빙그레 웃으며 지지의 눈빛을 보내주기도 했다. 학교에서 3년을 내리 같은 아이들을 가르치는 일은 흔치 않고, 또 쉽지 않은 일이다. 아이들로서는 여러 선생님을 경험하는 것이 국어 과목을 더 다채롭게 배우는 일이기도 하다. 그리고 서로가 관성에 젖어 더 이상 지적 자극을 주고받지 못할 수도 있다. 어쩌면 내 욕심이었다. 이 아이들과 3년 동안 수업을 하고 싶다는.

사람들은 흔히 '국어'라는 과목 하나만 생각하지만 '국어' 안에도 여러 교과목이 있다. 특히 고등학교에서는 '문학' '독서' '화법과 작문' '언어와 매체' '고전 읽기' 등과 같은 이름으로 국어를 좀 더 자세하고 깊이 있게 배운다. 교육과정이 바뀔 때마다 과목의 이름도 조금씩 변하는데, 나는 1학년 첫해에는 '국어', 2학년 1학기에는 '독서와 문법', 2학년 2학기에는 '화법과 작문', 그리고 3학년 때는 '문학' 과목을 맡아 수업했다. 교과 교육과정에 가장 잘 맞는 활동이 무엇일까 고민하고, 커리큘럼을 짜고, 함께 읽을 책을 고르고, 수행평가를 기획했다. 하고 싶은 수업을 마음껏 했다. 가만히 생각해보면 행운이었던 것 같다. 나의 이야기를 귀 기울여 들어주는 친구들을 만난 것이.

친구.

맞다, 그들은 나의 제자이자 스승이자 친구다. 아이들의 글을 읽을 때마다 정신이 번쩍 들곤 했다. 겉으로 드러나지 않는 표정 속에 실은 놀라운 생각이 숨어 있다는 것을 노트 검사를 할 때마다 알게 됐다. 그 후로 아이들을 다른 눈으로 보게 되었고, 쉽게 판단하지 않게 되었다. 많이 배웠고, 또 많이 컸다. '교사와 학생이 함께 성장하는 수업'이라는 말을 믿게 되었다.

그렇게 울고 웃으며 3년 동안 같이 수업했던 나의 친구들이 졸업을 했고, 그 친구들과 울고 웃으며 수업했던 3년의 이야기를 책으로 엮었다. 이제 이 책이 있으니 우리의 3년은 그저 흘러간 과거가 아니게 될 것이다. 나는 이제 과학고를 떠났지만, 과학고에서 친구들과 보낸 '우리들의 문학시간'만큼은 꼭 기억하고 싶다.

차례

팀스 저는 어떤 시는 이해가 안 가요.

헥터 어떤 건 이해가 가? 팀스, 나는 하나도 이해가 안 간다.
그렇지만 지금 배워두고, 지금 알아둬라.
그럼 언제든 때가 되면 이해할 거다.

팀스 어떻게 이런 걸 이해할 수 있는지 전 모르겠어요.
시에서 말하고 있는 것들은 거의 다
저희는 겪어본 적도 없는 일들이에요.

헥터 겪게 될 거다, 팀스. 겪게 될 거야.
그때 너희들은 해독제를 이미 가지고 있는 거지.
슬픔, 행복, 심지어 죽음도.
지금 우리는 죽음을 준비하고 있는 거야.

_ 연극 〈히스토리 보이즈The History Boys〉 중에서

1학년
1학기

시와 친해지기

가장 아름다운 말

과학고에서 국어를 가르친다고 하면 사람들은 일단 놀란다. 과학고등학교라는 특목고 자체가 전국에 몇 개 없기도 하거니와, '과학고에서 과학교사가 아니라 국어교사라면 뭘 하는 사람이지?' 하는 의문이 들기 때문이다. 하지만 그 의문은 정확한 질문이 되어 나오기 어렵고, 그래서 대신 이런 말을 자주 듣는다.

"아, 과학 잘하시나 봐요."

과학을 못해서 국어교사가 되었는데, 이게 웬 말인가. 과학고 국어교사는 왠지 과학을 잘해야 할 것 같은 느낌을 주나 보다. 손사래를 치며, 아니라고 웃으며 답을 한 후 고민에 빠졌다. 음, 과학을 잘해야 하나? 과학을 잘하진 않더라도 과학고 학생들에게 걸맞은 수업을 해야 하지 않을까?

1학년 수업을 같이했던 다빈이에게 슬며시 물어보았다.

"다빈아, 내가 이번에 1학년 담임을 맡게 됐어. 1학년 아이들이랑 어떤 수업을 할지 생각 중인데 과학도서 읽기나 과학 글쓰기 같은 건 어때?"

조심스러운 나의 질문에 다빈이는 갑자기 흥분을 한다.

"으악. 쌤, 절대 안 돼요! 과학은 다른 과목에서 맨날 하니까 지겨워요. 우린 시랑 소설 읽는 게 너무 좋아요. 솔직히 말해서 국어 시간에 문학작품 읽는 게 과고 생활의 힐링이었어요."

다빈이가 국어 수업을 잘 듣는 학생이어서 그런 것일까? 다른 학생에게 물어봤다면 다른 대답이 나왔을 수도 있겠지만 많은 과학고 학생들이 과학 수업을 버거워하는 것은 사실이었다. 우리 학교는 수학 선생님이 13명, 물리 선생님이 8명, 화학과 생물 선생님이 각 7명, 지구과학 선생님이 6명이다. 그리고 국어 5명, 영어 5명, 사회 1명, 역사 1명. 당연히 매일 대부분의 수업이 수학과 과학으로 편성되어 있다. 일주일에 두 번밖에 없는 국어 수업에서까지 과학을 공부하고 싶지 않다는 말은 학생 입장에서 어찌 보면 당연했다.

새학기를 앞두고 나눈 다빈이와의 대화는 수업의 방향을

다시 생각하게 했다. 그래, 문학이다. 문학을 하자. 1학기는 시, 2학기는 소설로 큰 틀을 잡았다. 시 수업을 할 때는 시 읽는 맛을 알려주자. 시가 밑줄 긋고 분석해야 하는 난해한 글이 아니라, 마음을 위로할 수 있는 한 편의 노래라는 걸 알게 하자. 한 편의 노래이기도 하고, 아름다운 그림이기도 하고, 한 잔의 따뜻한 차도 될 수 있는 나만의 시들을 만나게 하자.

그렇게 3월이 되었고, 첫 수업의 시작을 시로 열었다. 간단하게 내 소개를 하고, 본격 수업 안내에 들어가기 전에 시를 한 편 소개했다.

> 가장 아름다운 바다는
> 아직 건너지 않았다.
> 가장 아름다운 아이는
> 아직 태어나지 않았다.
> 우리의 가장 아름다운 날들은
> 아직 살아보지 못한 날들이다.
> 그리고 당신에게 해주고 싶은 가장 아름다운 말은
> 아직 내가 하지 못한 말이다.
>
> - 나짐 히크메트, 〈파라예를 위한 저녁 9시에서 10시의 시; 1945년 9월 24일〉

이 아름다운 시를 수업 전날 미리 휴대폰 음성 메모 기능으로 녹음해두었다. 직접 녹음해서 들려주는 오디오북은 여러모로 유용하다. 특히 어울리는 배경음악을 깔고 녹음하면 아이들의 집중력이 배가된다. 새학기 첫 수업은 교사나 아이들이나 서로 긴장하기 마련이라 시 낭송이 쉽지 않다. 이때 오디오북을 재생하면 교사는 아이들 앞에서 떨리는 마음을 감출 수 있고, 아이들은 스피커로 울려 퍼지는 목소리에 더욱 집중할 수 있다. 사운드 연결선을 찾기 힘들거나 스피커가 고장이라면, 휴대폰의 스피커 부분을 뒤집어서 교탁 위에 올려두기만 해도 소리가 증폭돼 훨씬 풍성해진다. 그렇게 세상에 하나밖에 없는 시 낭송이 시작되고, 아이들은 교사의 목소리에 가만히 귀를 기울여 시를 음미한다.

시는 한 번 읽어서는 그 의미에 제대로 가 닿기 어렵기 때문에 여러 번 읽는 것이 좋다. 오디오북으로 시 낭송을 두 번 들려주고, 그다음에는 아이들이 직접 자기 입으로 시를 낭송하게 한다. 이때 시 낭송하는 법을 알려준다. 먼저 시의 제목을 읽은 후 '하나, 두울' 호흡하며 쉰다. 그다음 시인의 이름을 읽은 후에도 '하나, 두울' 하고 쉰다. 한 행이 끝나면 '하나', 한 연이 끝나면 '하나, 두울' 하고 쉰다. 아이들이 시를 읽을 때 교사는 아이들 사이를 거닐며 '하나' '하나' '하나, 두울' 하고 천천히 숨 쉴 자리를 읊어주는데, 이 작업을 몇 번 반복하다 보면 아이들은 자연스럽게 시행의 여운을 살려 시를 낭송할 수 있게 된다. 시간이 지나면 천연덕스럽게 나를 대신해 '하나, 두울' 소리를 내는 학생이 한 반에 한 명은 꼭 있다. 고등학교 때 국어 선생님이 알려주신 이 방법으로 시를 읽으며 나 역시 과거로 돌아간 것 같은 느낌을 받는다.

시 낭송이 끝난 후, 수업을 여는 시로 나짐 히크메트의 시를 고른 이유에 대해 조심스럽게 전했다. 가장 아름다운 말은 아직 내가 하지 못한 말이라고. 그러니까 나는 너희와 앞으로 매일 더 아름다운 말을 나누고 싶고, 매일 더 아름다운 수업을 하고 싶다고. 혹시 그 약속이 지켜지지 못할지라도 지금 내 마음만은 그러하다고. 우리 앞으로 1년간 서로 아름다운 사이로 잘 지내보자고.

노래와 시

'시란 무엇인가? 시와 소설은 어떻게 다른가?'

이 질문에 대한 수많은 답변 중 내가 가장 좋아하는 두 가지는 폴 발레리와 최두석의 것이다. 폴 발레리는 이렇게 말했다.

"산문이 발걸음이라면, 운문은 춤이지!"

무릎을 탁, 치게 하는 비유다. 김형수의《삶은 언제 예술이 되는가》라는 책에서 이 문장을 읽고 어찌나 기분이 좋았던지. 수업시간에 이 문장을 읊어주면 아이들은 그 뜻을 정확히 알지 못하면서도 '오오오' 했다. 이 비유를 알기 전까지 내가 알고 있는 최고의 답은 최두석의 〈노래와 이야기〉라는 시였다.

노래는 심장에, 이야기는 뇌수에 박힌다
처용이 밤늦게 돌아와, 노래로써
아내를 범한 귀신을 꿇어 엎드리게 했다지만
막상 목청을 떼어내고 남은 가사는
베개에 떨어뜨린 머리카락 하나 건드리지 못한다
하지만 처용의 이야기는 살아남아
새로운 노래와 풍속을 짓고 유전해 가리라
정간보가 오선지로 바뀌고
이제 아무도 시집에 악보를 그리지 않는다
노래하고 싶은 시인은 말 속에
은밀히 심장의 박동을 골라 넣는다
그러나 내 격정의 상처는 노래에 쉬이 덧나
다스리는 처방은 이야기일 뿐
이야기로 하필 시를 쓰며
뇌수와 심장이 가장 긴밀히 결합되길 바란다

- 최두석, 〈노래와 이야기〉

나는 이 시를 대학교 2학년 '현대시교육론' 수업 때 접했다. 시의 첫 행을 읽고 숨이 턱 막히는 듯한 느낌이 들었다. "노래는 심장에, 이야기는 뇌수에 박힌다." 시의 본령은 노래다. 노래가 우리의 가슴을 울리듯이 시도 그렇다. '심장의 박동을 은밀히 골라 넣'은 시들은 이제 귀신을 꿇어 엎드리게 하지는 못할지라도 인간의 마음에 작은 상처를 낼 수는 있다. 그러니까 내가 생각하는 심장에 박히는 시란 신해철의 〈민물장어의 꿈〉이다.

이전 학교에서 근무하던 2014년, 신해철이 세상을 떠났다. 나는 서태지도 신해철도 잘 모르는, 그저 이름 정도만 알고 있는 H.O.T세대였기에 그의 부고 이전에는 그의 존재에 대해 잘 몰랐다. 그런데 살다 보니 비로소 죽음을 통해 그 사람을 알게 되는 경우가 허다했다. 올리버 색스라든지, 존 버거라든지, 허수경이라든지. 신해철 역시 내게는 그런 사람이었다. 신해철이 죽고 나서야 나는 그의 음악을 듣게 되었는데, 〈민물장어의 꿈〉이 바로 그때 알게 된 노래다. 신해철이 언젠가 자신이 죽게 되면, 장례식장에서 울려 퍼질 거라고 했다던 바로 그 노래.

> 저 강들이 모여드는 곳 성난 파도 아래 깊이
> 한 번만이라도 이를 수 있다면
> 나 언젠가 심장이 터질 때까지 흐느껴 울고 웃다가
> 긴 여행을 끝내리 미련 없이

아무도 내게 말해주지 않는

정말로 내가 누군지 알기 위해

- 신해철, 〈민물장어의 꿈〉 중에서

나는 신해철의 죽음에 대해 잘 몰랐지만, 이 노래를 듣자마자 심장이 '쿵' 하고 내려앉는 듯했다. 그제야 비로소 알게 된 것이다. 노래가 한 편의 시가 될 수 있다는 사실을. 〈민물장어의 꿈〉은 내가 지금까지 들어왔던 노래와는 전적으로 달랐다. 멜로디가 아름답기도 했지만 노래 가사가 계속 입안에 맴돌았다. 곱씹어볼수록 마음이 아팠다. 그렇게 여러 번 반복해서 노래를 듣다 보니 아이들과도 이 노래를 함께 듣고 싶었다. 그건 고인의 명복을 비는 일이기도 했다.

2014년 10월, 수업시간에 어렵게 말문을 열었다.

"어제 신해철이라는 가수가 죽었어. 고인의 명복을 빌면서 오늘은 고인이 남긴 노래를 들은 후에 수업을 시작하려고 해. 고인은 자신의 장례식장에서 이 노래를 틀어달라고 했대. 왜 일까? 그걸 한번 생각해보면서 노래를 들어보자."

아이들에게 그렇게 얘기하고 휴대폰을 교실 스피커에 연결했다. 일부러 교실의 불을 껐다. 아이들이 노래에 좀 더 집중할 수 있도록. 전주가 흘러나왔다. 매일 교실에서 엎드려 자던 아이들이 갑자기 눈을 떴다. 모두 숨죽인 채 노래를 들었고, 노래가 끝난 후 고요인지 침묵인지 모를 정적 속에 우리는 한동안 갇혀 있었었다.

그 기억이 오래갔다. 그래서 2015년에도, 2016년에도 시 수업을 시작할 때마다 〈민물장어의 꿈〉으로 수업의 문을 열었다. 가르치는 아이들은 매년 달랐지만, 내가 만난 아이들 모두 이 노래를 좋아했다. 숨죽이고 민물장어의 심장 박동을 손끝으로 따라가면서 노래를 들었고, 그 순간만큼은 아이들도 나도 각자 자기만의 바닷속에서 유유히 유영하고 있는 것 같았다.

도서관에서 시집 읽기

올해도 '도서관에서 시집 읽기' 수업을 한다. 이 수업은 1년 중 내가 가장 좋아하는 시간이다.

아이들은 시를 주로 교과서에서 접한다. 알고 있는 시는 교과서 혹은 참고서에 수록된 시가 거의 전부다. 그래서 '시집'이라는 책의 종류가 있다는 사실조차 잘 모른다. 어쩌면 성인들도 마찬가지일 것이다. 학생 때 시집을 접한 일이 없으니 시집에 대해 잘 모르고 시집을 읽는 일도 흔치 않다. 실제로 '도서관에서 시집 읽기' 수업을 하면 아이들은 눈을 동그랗게 뜨고 묻는다.

"쌤, 이게 다 뭐예요?"

도서관에 들어오는 순간 아이들이 놀라는 데는 이유가 있다. 시집 읽기 수업을 시작하기 전, 미리 사서 선생님께 협조를 구해 도서관에 비치된 모든 시집을 다 서고 밖으로 꺼내놓았다. 그리고 시집의 표지가 잘 보이도록 탁자 위에 하나하나 전시해서 탁자의 빈틈이 보이지 않도록 했다. 처음 보는 종류의 책이 이렇게나 많다니, 게다가 이게 다 시라니! 세상에 이토록 많은 시집이 존재한다는 사실 자체가 아이들에게는 큰 놀라움이다.

"자, 이제부터 여기 있는 시집들을 하나하나 구경합니다. 그리고 마음에 드는 시를 한번 찾아볼 건데, 마음에 드는 시가 있으면 여기 있는 학습지에 옮겨 쓰고 마음에 드는 이유도 같이 쓰는 거예요. 그럼 지금부터 시작!"

도서관에서 시집 읽기 수업은 교사와 학생이 함께 지적으로 크게 성장할 수 있는 시간이다. 학생들이 시집을 읽을 때 나도 같이 그 속에서 시집을 구경한다. 국어교사라고 해서 항상 시와 소설을 읽으며 살 수 있는 것은 아니기 때문에(학교에 있으면 여러 가지 업무와 사건들 때문에 마음 편히 책을 읽을 시간이 거의 없다) 이 수업은 나에게도 새로운 시를 발견할 수 있는 귀중한 시간이다. 도서관 앰프에 휴대폰을 연결해서 조용한 피아노 음악을 틀고, 아이들 사이를 걸어 다니며 시집을 구경한다. 좋은 시를 발견하면 포스트잇을 붙여두라고, 그러면 다른 반 아이들이 시를 읽을 때 도움이 된다고 하니 시집마다 색색의 포스트잇이 나풀거린다.

아이들과 도서관 책상에 마주 앉아 시집을 구경하고 있노라면 꼭 내게로 와서 질문하는 아이들이 있다. "쌤, 이건 무슨 뜻이에요?" "쌤, 이 부분 잘 모르겠어요." 하면 나도 머리를 맞대고 가만히 시를 들여다본다.

아이들과 함께 시에 대해 이야기를 나누다 보면 시를 보는 눈이 저마다 다르다는 것을 다시 알게 된다. 그렇게 서로 이야기를 나누고 시를 읽다 보면 어느 순간 시끌시끌하던 도서관이 확 조용해지는 때가 온다. 모두가 집중해서 자기 학습지에 마음에 드는 시를 옮겨 적고, 그 이유를 사각사각 써내려간다. 바로 그때 나는 묘한 기쁨과 해방감을 느낀다. 그렇게 아이들이 써낸 글들은 얼마나 아름답고 절절한지.

시집을 구경하고 시를 찾아 읽는 시간을 두 시간 정도 주면 아이들은 여유 있게 시를 고르고 자기 경험을 쓸 수 있다. 그 후에는 네 명씩 모둠을 만들어 각자 자기가 고른 두 편의 시를 친구들에게 읽어주고, 그 시를 고른 이유도 함께 말하게 했다. 그러면 모두 여덟 편의 시가 모이는데, 모둠별로 토론을 해서 그 가운데 딱 하나의 시만 고른다. 아이들은 그 시로 각자 한 편의 글을 쓰고, 또 모둠별로 시 영상을 만든다. 우리 모둠의 시 한 편으로 글을 쓰는 개인 과제 하나, 영상을 만드는 조별 과제 하나를 하게 되는 셈이다.

언뜻 보면 왜 이렇게 복잡한 과정을 거치나 싶기도 한데 그 이유는 단순하다. 각자가 찾은 좋은 시들을 공유하고, 시에 얽힌 생각을 나눠보자는 것. 아이들은 자신이 고른 두 편의 시를 다른 친구들에게 소개하는 기쁨을 누릴 수 있고, 또 자신이 발견하지 못한 좋은 시를 소개받는 즐거움도 누릴 수 있다. 무엇보다 이 활동을 하면서 아이들은 서로에 대해 더 잘 알게 된다. 특히 1학년 1학기는 아직 학교에 적응하지 못해 서먹하고 서로에게 다가가기 어려운 학기인데, 이렇게 수업 시간을 통해 자연스럽게 자신의 이야기를 털어놓을 수 있는 자리를 마련해주면 좋다.

아이들이 고른 시는 모두 새로웠다. 놀랍게도 대부분이 처음 보는 시였다. 저마다의 눈으로 시를 읽고 또 다른 창작물인 글과 영상으로 만들어내는 과정을 지켜보는 일은, 국어교사로서 누릴 수 있는 최상급의 기쁨이다.

우리의 첫 도서관 수업

열다섯 번째 수업에 대한 기록

승윤

나는 책을 많이 읽고 사본 경험이 있지만, 시집은 잘 읽지도 않고 돈 주고 사본 기억도 없다. 나뿐만 아니라 다른 사람들도 그럴 거라 생각한다. 하고운 선생님께서 우리가 직접 고른 시집을 읽고 음미하는 그런 특별한 경험을 선물해주기 위해서 도서관 수업을 진행하신 것 같다. 교실 대신에 도서관에서 수업하는 것이 신기했고, 편안하게 시집을 읽고 자유롭게 자신의 의견을 친구들과 나누며 생각을 정리할 수 있는 것이 좋았다.

시를 읽기 위해 눈앞의 시집을 아무거나 골랐는데, 두 줄짜리 시부터 시인지 단편소설인지 모를 장문의 시도 있었다. 대부분 이해하기 어려운 내용의 시였다. 그러던 중에 옆에 있는 친구가 나의 수준에 딱 맞는 시라고 어린이 시집을 주었다. "영차영차, 개미 친구가 힘들게 걸어가고 있어요." 등의 재미있는 시구가 많아서 흥미로웠다. 하지만 선생님께서 이건 어린이들이나 읽는 것이라며, 좀 더 수준 있는 시를 읽기를 바라셨다. 그래서 읽은 게 《하늘과 바람과 별과 시》라는 윤동주 시인의 시집에 있는 시였는데, 잘 이해하기 어려운 부분도 많았지만 그 부분을 이해하고 난 후에는 감탄사가 나오게 하는, 선생님께서 말한 좋은 시의 전형적인 예였다.

선생님께서는 처음 보고 잘 이해가 되는 시도 좋지만, 처음엔 잘 이해되지 않아도 곱씹을수록 더 깊은 향이 나는 시가 좀 더 훌륭한 시라고 하셨다. 선생님께서는 학창시절 읽은 시에 감명받아 국어 선생님이 되기로 마음먹었다고 하는데, 좋은 시 한 편이 사람을 감동시키는 힘이 크다는 것을 알게 되었다. 사실 시는 이해가 잘 안 되는 부분도 있고 해서 별로 재미있는 것은 아니라 생각했다. 그치만 시의 묘미는 시를 읽고 난 후에 그 시가 전달하려는 것이 무엇일까를 생각하며 사색에 잠긴 후에 깨달음을 아는 것이라 생각한다.

그런 의미에서 시를 읽는 것이 사람들이 말하는 '과학을 한다'고 하는 것과 비슷하다는 생각이 들었다.*

* 학생들이 쓴 수업일기를 몇 편 싣는다. 수업일기는 송승훈 선생님이 제안하신 일종의 글쓰기 수행평가로, 학생들이 번호대로 돌아가면서 한두 페이지 정도의 수업 묘사문을 쓰는 것이다. 학생들은 글을 쓰면서 수업을 회상하고 배울 수 있어서 좋고, 교사는 글을 통해 수업에 대한 피드백을 받을 수 있어 좋다. 겉으로는 드러나지 않는 아이들의 수업에 대한 생각이 글 안에 녹아 있었다. 마지막 문장을 읽으며 독일의 수학자 카를 바이어슈트라스의 말 "시인이 아닌 수학자는 진정한 수학자가 아니다"를 떠올렸다.

나를 키우는 시간

사람들은 흔히 교사라고 하면 수업만 하면 된다고 생각하지만 교사들은 수업, 담임 업무와 더불어 고유의 업무를 하나 이상씩 맡고 있다. 예를 들어 시험을 치르려면 매 학기 고사계를 맡은 선생님이 나서서 시험과 관련된 제반 사항을 준비하고 운영해야 하며, 그다음엔 성적처리계 선생님이 나서서 답안지를 리더기에 읽히고 성적을 입력하는 일을 해야 한다. 학교라는 공간은 수업 이외에도 엄청나게 많은 행사가 있고, 공문이 내려오고, 예산을 써야 하는 또 하나의 직업 세계다. 매해 달라지는 업무가 나와 잘 맞으면 좋지만, 그렇지 않을 경우 1년은 고역이 된다.

2016년에 나는 다행히 무척이나 좋아하는 일을 업무로 맡게 되었다. 바로 인문사회교육계다. 내가 전근을 오기 이전까지 우리 학교는 인문학에 관심이 거의 없었다. 그런데 융합과 통섭이 사회의 키워드로 떠오르더니 문·이과 융합형 인재라는 말이 유행처럼 번지기 시작했다. 새로 부임해오신 교장 선생님은 유능한 과학 인재도 좋지만 학생들의 품성을 더 중요하게 여기는 분이었다. 그리하여 개교 이후 최초로 학교에 인문사회부가 생겼다. 나는 신이 나서 여러 독서 프로그램과 인문사회 행사들을 기획하기 시작했고, 특히 인문학 특강 강사를 섭외하는 일에 공을 들였다. 그렇게 모신 분이 바로 라디오 PD인 정혜윤 작가였다.

정혜윤은 책, 사람, 여행을 자신의 성 삼위일체로 삼는 사람이다. 자신이 읽은 책과 만난 사람, 그리고 여행 이야기를 엮어 글로 쓴다. 2015년 1월, 정혜윤이 쓴《사생활의 천재들》을 읽고 나는 책으로 인생이 바뀌는 것 같은 경험을 했다. 당시 슬럼프의 구렁텅이에 빠진 나를 이 책이 구원해준 것이다. 그 후《여행 혹은 여행처럼》《마술 라디오》를 연달아 읽으며 정혜윤 작가를 사모하게 되었는데, 우리 학교 인문학 특강에 그를 모시게 되다니! 뛸 듯이 기뻤지만 과연 아이들도 그러할지에 대해선 자신이 없었다. 아마 정혜윤이 누군지 모르는 학생이 99.9퍼센트일 것이다. 어떻게 해야 아이들이 특강에 의미 있게 참여할 수 있을까? 답은 하나였다. 그가 쓴 책을 읽는 것. 정혜윤 작가의 여러 책 중에서 학생들에게 가장 다가가기 쉽고 실질적인 도움을 줄 수 있는 책이 무엇일까 고민하다 《삶을 바꾸는 책 읽기》라는 판단이 섰다. 과감하게 수업 커리큘럼을 변경해서 이 책의 일부분을 읽는 시간을 마련했다.

책을 왜 읽어야 하나요?

책을 읽는 게 무슨 쓸모가 있나요?

책이 삶을 정말 바꿀 수 있나요?

《삶을 바꾸는 책 읽기》는 책을 둘러싼 이와 같은 질문들에 정혜윤만의 방식으로 답을 한다. 나는 이 질문과 답을 아이들과 공유하고 싶었다. 첫 번째 질문인 '먹고살기도 바쁜데 언제 책을 읽나요?'에 대한 답은 특히 중요했다. 먹고살기 바쁜 가운데도 우리에겐 꼭 필요한 시간들이 있기 때문이다. 미리 도서구입을 신청해서 도서관에 이 책을 스무 권 들였고, 수업 때마다 스무 권의 책이 담긴 바구니를 들고 교실로 들어갔다. 1장만 발췌독을 하고, 인상적인 문장과 질문거리를 찾아 독서일지를 정리했다. 그리고 정혜윤의 특강을 들은 후 '나를 키우는 시간'이라는 주제로 짧은 에세이를 썼다.

> '나를 키우는 시간'은 시간의 척추입니다. 우리 몸에도 척추가 있지만 시간에도, 영혼에도 척추가 필요합니다. 그런 시간이 없다면 우린 사는 게 아니라 살아질 것입니다.
>
> - 정혜윤, 《삶을 바꾸는 책 읽기》 중에서

정혜윤 작가가 말하는 '나를 키우는 시간'은 '기쁨에 몰두하는 시간'이자 '자율성의 시간'이다. 우리는 각자에게 주어진 시간을 스스로의 기쁨을 위해 쓰지 못한다. 바쁘게 돌아가는 삶의 일정표 속에서 정작 나를 위한 시간은 거의 없다. 정혜윤 작가는 노동에 몰두하는 대신 자신의 영혼에 시간을 써보자고 한다. 한 그루 나무를 가꾸듯 물도 주고 거름도 주면서 자신을 키워보자고.

이 글을 읽은 아이들은 저마다 '나를 키우는 시간이 언제더라?' 하고 잠시 생각에 잠겼다. 나는 이 책을 통해 아이들이 스스로의 기쁨에 대해 생각하는 시간을 갖길 바랐다. 공부만 하면서 살아가는 열일곱 살의 아이들이 안쓰러웠기 때문이다. 함부로 타인의 삶을 평가할 수는 없는 일이지만, 과학고 학생들의 학업 노동시간은 상상을 초월했다. 아이들에게는 자기 자신을 위해 쓸 수 있는 시간이 거의 없었다.

우리 학교는 오전 8시부터 오후 4시까지 정규수업이 있고,

4시 10분부터 5시 40분까지는 방과후 수업, 5시 40분부터 6시 30분까지 저녁식사 시간이다. 그리고 6시 30분부터 밤 11시 30분까지 자율학습을 하고 12시에 취침을 한다. 이것이 월요일부터 목요일까지의 일과다. 금요일에는 종례와 동시에 학급의 절반 이상이 기숙사 짐을 넣은 캐리어를 끌고 대치동으로 학원 수업을 들으러 간다. 아이들과 상담을 해보니 수학, 물리, 화학 강의는 거의 필수적으로 들었고, 시험기간에는 생물과 지구과학, 그리고 문과 과목까지 팀을 짜서 과외를 했다. 월요일 조회 시간에 교실에 들어가면 모두가 책상 위에 엎드려 있었다. 월요일 1교시마다 눈 밑이 시커먼 아이들을 깨우면서도 이게 과연 잘하는 일인지 자신이 없었다.

그렇게 학습 노동에 시달리는 아이들에게 잠시나마 '나를 키우는 시간'을 찾아주고 싶었다. 그리고 떠올려보게 하고 싶었다. 내가 뭘 좋아했었지? 내가 기쁨을 느끼는 건 언제지? 난 무얼 하고 싶지? 그렇게 스스로를 돌아보는 작은 질문들을 통해 다람쥐 쳇바퀴 돌 듯 돌아가는 일상 속에서 아이들의 삶에 작은 균열을 내주고 싶었다.

씻음

'나를 키우는 시간' 에세이 쓰기

하림

'나를 키우는 시간'은 내가 일부러 만들어야 생긴다. 그렇다 보니 이것도 저것도 하기 애매한 시간을 이용하게 되는 것 같다.

먼저 오후 7시 40분쯤. 자습 1교시가 끝나갈 무렵이다. 내가 이 시간을 자각했다는 것은, 하던 공부를 계속하기에는 그 공부가 지루해지고 내가 지쳤다는 소리이기도 하다. 하지만 새로운 공부를 시작하기에는 또 애매하다. 나를 키우는 시간을 가지기에는 피곤이 더 커서 그만 잠이 들고 만다. 그리고 밤 12시가 있다. 자습이 끝나고 잠들 시간이다. 잠을 청하고 있지만 12시를 넘기고 침대에 누우면 눈이 말똥말똥해진다.

그러다 이야깃거리가 하나 나와 그 얘기를 친구들과 구구절절 하다 보면, 30분, 한 시간이 금방 지나가버려 취침시간은 더 늦어지고, 아침엔 더 피곤해진다.

하지만 저 두 개의 시간 말고도 더 적당해 보이는 시간이 있다. 바로 씻을 때다. 씻을 때면 떨어지는 물소리에 머릿속이 비워진다. 그러면 그때부터 다시 하나하나 오늘 있었던 일이 머릿속에 떠오르기 시작한다. '발표할 때 이렇게 말하려고 했는데 왜 그렇게 말했지?' '아까 친구에게 왜 이렇게 말해서 상처를 받게 했나?' 등 오늘 하루뿐만 아니라 어제, 그제, 한 달 전 내가 했던 일들이 떠오르기 시작한다. 물론 부끄럽고 창피했던 일들이 다른 일들보다 더 많이 떠오른다. 그러면 씻고 나와 머리를 말릴 때 '뭐 이제 지난 일들이니까 신경 쓰지 말자'라고 생각하면서 오늘, 내일 할 일을 생각하기 시작한다. 물론 그러다 보면 연필을 잡아 계획표를 쓰게 되기도 한다. 머리가 다 마르면 다시 일상 속으로 들어가게 된다. 씻지 않아도 욕실에 은은한 빛과 떨어지는 물소리가 들리면 자연스럽게 나 자신에게 빠지게 되는 것 같다.

이러한 시간들이 차곡차곡 쌓이게 되면 내가 원하는 것과 필요한 것에 대해 잘 알게 되고 그러면 기쁨에 몰두하는 또 다른 시간을 만들어나가게 될 것 같다. 이러한 시간들이 타인에 의한 시간을 밀어내게 되면 온종일 나를 위한 나에 의한 나에게 몰두하는 시간들로 가득하게 될 것이다.

사는 것도 어려운데 왜 가짜 삶(소설)을 겪어보겠다고 이 정성을 들이냐고? 소설을 읽는 것은 다른 장르의 책을 읽는 것과는 다르기 때문이다. 대부분의 책이 사는 일을 생각하고 고민하게 한다면, 소설은 한 편에 한 번씩 - 삶을 '살게' 한다. 한 권의 소설을 읽을 때마다 한 번 더 살아본 기분이 든다. 나 아닌 다른 사람으로.

_ 박연준, 《인생은 이상하게 흐른다》 중에서

1학년
2학기

소설로 깊어지는 우리

용기

얼마 전(2019년 1월 28일) 김복동 할머니가 돌아가셨다. 이제 생존해 있는 '위안부' 할머니들은 모두 스물세 분이다(2020년 8월 29일 이막달 할머니 별세 시점을 기준으로 이제 생존자는 총 열여섯 명이다). 김숨의 소설《한 명》의 상황이 올 날이 머지않았다. 《한 명》은 이 땅의 위안부 할머니들이 모두 죽고, 단 한 명만 남아 있는 날을 가정해서 쓴 소설이다. 2016년에 그 소설을 읽다가, 덮다가, 읽다가, 덮다가, 끝내 다 읽지 못했다. 다음 해에도 김숨은 할머니들의 이야기를《흐르는 편지》로 썼고, 나는 그 책이 출간되자마자 구입했다. 이번에는 꼭 읽어보겠다는 마음이었다. 하지만 두 책 모두 여전히 책장 안에 꽂혀만 있다. 내가 그 책을 읽지 못하는 이유는 뻔하다. 읽고 나면 힘들 걸 알아서, 그러니까 힘들어지고 싶지 않아서, 외면하고 싶어서. 그렇게 외면 전문가로 살다가 뒤늦게 할머니들의 이야기를 기사로 접할 때면 죄스러운 마음에 어쩔 줄을 모르겠다.

처음 '위안부' 문제에 관심을 갖게 된 것은 강덕경 할머니 덕분이다. 정혜윤의 책 《사생활의 천재들》에는 영화감독 변영주의 이야기가 나온다. 변영주의 글은 다짜고짜 "강덕경 할머니 이야기로 시작하겠습니다"라는 문장으로 출발한다. 나는 당황했다. 강덕경 할머니가 누구인지 몰랐고, 김학순 할머니가 누구인지 몰랐고, 김일엽 할머니와 김복동 할머니를 비롯한 '위안부' 할머니들을 아무도 몰랐다. 그 책을 읽고서야 김학순 할머니가 1993년에 처음으로 '위안부' 증언을 했다는 걸 알았다. 책을 읽으며 몸이 부들부들 떨렸다. 이렇게 있어서는 안 되겠다 싶어서 '위안부' 문제에 대해 조금씩 읽고 또 공부했다.

한국정신대문제대책협의회(현재 '일본군 성노예제 문제 해결을 위한 정의기억연대(정의연)'로 변경) 윤미향 대표가 쓴 《20년간의 수요일》*도 그때 읽었다. 그 책을 읽고 나는 '용기'라는 말

* 내가 처음 읽은 책은 《20년간의 수요일》이라는 제목이었는데 어느새 《25년간의 수요일》이라는 이름으로 개정판이 나왔고, 어쩌면 곧 《30년간의 수요일》이라는 이름으로 또 바뀔지도 모르겠다.

에 대해 다시 생각해보게 됐다. 일본 정부가 “위안부? 그런 건 없다”라고 했을 때, 아무도 나서지 않았을 때, 김학순 할머니는 결심했다. “밝혀야겠다, 내가 ‘위안부’였다고.” 그건 엄청난 용기였다. 할머니의 커밍아웃 이후 여기저기에서 할머니들이 손을 들었다. 나도 위안부였다, 나도 위안부였다, 나도 위안부였다….

할머니들의 이야기를 읽으며 죄책감과 의무감을 동시에 느꼈다. 나도 용기를 내야겠다고 생각했다. 나도 뭔가를 해야 하는데, 무얼 할 수 있을까…. 초조했지만 사실 결론은 간단했다. 내가 가진 최고의 무기는 수업이었다.

학교에서는 매년 2학기에 교사, 학생, 학부모를 대상으로 교원능력평가를 실시한다. 평가가 시작되기 전, 교사들은 각자 자신의 수업에 대한 소개글을 쓰도록 하는데, 나는 매년 소개글을 이렇게 써왔다.

“타인의 고통에 공감할 줄 아는 사람, 스스로 생각하고 행동할 줄 아는 사람, 세상을 보고, 듣고, 느끼고, 읽고, 쓸 줄 아는 사람으로 교사와 학생이 함께 성장하고자 합니다.”

생각해보면 글은 항상 나를 앞질렀다. 뭐 대단한 수업을 한다고 이렇게 거창하게 수업 소개를 썼나 부끄러운 마음이 크다. 하지만 아무리 생각해도 나는 이렇게 쓸 수밖에 없었다.

이 세 가지가 바로 내가 수업을 하는 이유이기 때문에. 목표의 달성 여부는 중요하지 않았다. 내 수업을 통해 아이들이 주변을 둘러보길 바랐고, 한 번 더 생각하길 바랐고, 세상과 자기를 바로 보길 바랐다. 그것이 전부였다. 그렇다면 '위안부' 수업을 해야 했다. 함께 읽고, 생각하고, 변화해야만 했다.

이 글을 쓰며, 2016년 8월에 2학기 수업을 계획할 때 써둔 글을 다시 읽어본다. 예나 지금이나 같은 마음이었구나. 죄책감을 씻기 위해 수업을 한다.

2학기 수업계획을 고민하며

8월 15일 자 〈경향신문〉 기사를 읽었다. 생각지도 못했는데 신문 1면에 '위안부' 할머니들의 이야기가 실렸다. 소녀상을 지날 때마다, 광화문 세월호 천막을 지날 때마다, 늘 마음에 죄를 짓고 사는 것 같다. 작년에 아이들과《사생활의 천재들》에 쓰인 강덕경 할머니 이야기를 읽은 후,《20년간의 수요일》 일부분을 읽었다. 올해는 어쩌지 고민하던 차에 이 기사를 읽고 한 번 더 '위안부' 수업을 하기로 결정했다. 그런데 이상하게도 책 검색이 되지 않았다. 알고 보니《25년간의 수요일》이라는 이름으로 개정판이 나온 것. 그렇게 또 5년이 흐른 거다. 벌써 2016년이니까.

1993년 8월 14일로부터 우리는 얼마나 멀리 왔는가. 후회

되는 것은 내가 늘 그러하듯이, 머리로만 알고 마음으로만 아파하고, 끝내 행동하지 않았다는 것이다. 이번에는 작년의 죄책감을 씻어보고자, 글을 읽고서 아이들과 함께 뭐라도 하려고 한다. 수요집회에 가든, 후원을 하든, 어떻게든, 뭐라도. 그리고 같이 〈파수꾼〉을 읽고 나눌 것이다. 진실을 말한다는 것의 두려움과 용기에 대하여.

진실을 말한다는 것

어느덧 국어교사로 살아온 지 9년이 됐다. 9년이라는 시간은 짧다면 짧고, 또 길다면 긴 시간일 테다. 그 시간을 더듬어보면 부끄럽기도 하고, 웃기기도 하고, 또 뭉클해지기도 한다. 이제는 과거가 되어버린 날들이라 그런 걸까? 되돌아보면 모든 순간이 다 소중했다. 하지만 그중에서도 특별히 기억에 남는 수업의 장면들이 있다. 2016년에 우리 반에서 했던 〈파수꾼〉 연구수업은 지금 생각해도 가슴이 두근거린다.

연구수업은 보통 1년에 한 번꼴로 교과마다 교수-학습 내용을 깊이 있게 연구하고 수업하는 것을 말한다. 매년 학기초가 되면 교과 선생님들끼리 협의해 올해 연구수업을 맡을 사람을 정한다. 이때 묘한 긴장감이 흐르는데, 모두가 연구수업 하기를 꺼리기 때문이다. 공개수업이 자신의 평소 수업을 그냥 뒷문 열어놓고 공개하는 것이라면, 연구수업은 보다 좋은 수업에 대해 연구하고, 또 고민한 결과를 펼쳐내는 것이기에 부담스러운 것이 사실이다. 수업 전에 미리 지도안을 짜서 제출해야 함은 물론이고, 국어과 전 교사, 교장, 교감, 수석교사가 수업을 참관한다. 수업이 끝난 후에는 다 같이 평가회를 하는데, 2016년에는 내가 연구수업을 하게 될 차례였다. 내 연구수업의 주제는 '진실을 말한다는 것'이었다.

1학기에는 시, 2학기에는 소설을 공부하자는 처음의 계획은 2학기 수업자료집을 만들면서 조금 변경되었는데, 광복절에 '위안부' 할머니 기사를 읽었기 때문이다. 원래는 단편소설로만 수업을 하려다가 '준비운동'이라는 코너를 만들어 두 글을 엮었다. 이강백의 희곡 〈파수꾼〉과 유시민의《거꾸로 읽는 세계사》에 수록된 드레퓌스 사건이었다. 소설을 읽기 전 준비운동으로 〈파수꾼〉을 읽기로 했다.

파수꾼. 사전을 찾아보니 "경계하여 지키는 일을 하는 사람"이라는 정의가 뜬다. 잡을 파把에 지킬 수守. 나는 이 단어에 몹시 끌렸다. 자연스럽게 제롬 데이비드 샐린저의《호밀밭의 파수꾼》이 떠올랐고, 윤성현 감독의 영화 〈파수꾼〉(2011) 생각도 났다. 파수꾼이라는 단어를 되뇌어볼수록 제목만으로도 충분히 문학적이라는 생각이 들었다. 그가 지키고자 한 것은 무엇일까?《호밀밭의 파수꾼》의 홀든 콜필드와 영화 〈파수꾼〉의 기태, 백희, 동윤은 모두 고등학생이다. 처음 이 영화를 보고 제목에 대해 한참 생각했다. 왜 제목이 '파수꾼'일까? 아마 윤성현 감독은 이리저리 흔들리는 아이들의 모습 속에서 홀든을 본 것은 아닐까? 그들에게도 지키고 싶은 것이 있었을 텐데, 지킬 수 있었을 텐데.

과학고로 전근을 오기 전, 2014년에 교과서에 실린 희곡 〈파수꾼〉 수업을 했었다. 워낙 유명해서 알고는 있었지만 수업을 위해 제대로 읽어본 것은 처음이었다. 실로 대단한 작품이었다. 여러 가지 텍스트들이 머릿속을 오갔다. 그리고 역사 속에서 진실이 은폐되었던 순간, 그걸 입 밖으로 낸 사람들의 얼굴도. 영화 〈변호인〉, 〈또 하나의 약속〉, 김용철 변호사, 천주교정의구현사제단…. 수업 준비를 하면서 먹먹했다. 과연 내가 이 작품을 가르칠 자격이 있는가. 많은 이야기를 하고 싶었지만 다 하지 못했고, 아쉽게 수업을 마무리했던 기억이 난다.

2년 만에 다시 〈파수꾼〉을 제재로 다루게 되면서 이번에는 좀 더 다채롭게 수업을 계획해보자는 욕심이 났다. 희곡을 읽는 재미와 더불어 대사 하나하나를 꼼꼼하게 읽어보는 연습을 하고, 문학이 세계와 어떻게 연결되는지 알려주고 싶었다. 그리고 나 스스로는 용기 있는 사람인가 자문하게 하고 싶었다. 1970년대라는 시대적 배경을 뛰어넘어서 이 텍스트가 갖는 의미를 더 넓고 깊게 확장해보고 싶었다.

연구수업 당일, 미리 우리 반에 들어가서 컴퓨터를 연결하고 교실 뒤편에 의자를 준비해두었다. 수업종이 치자 교장, 교감 선생님이 차례로 들어오고, 국어과 선생님 네 분이 모두 자리에 앉았다. 아이들은 처음에는 어리둥절해하다가 수업이 시작되니 절로 몸이 뻣뻣해졌다. 뻣뻣하고 긴장된 분위기에서 영화 〈변호인〉 예고편을 보았다.

> 무죄면 무죄 판결 받아내야지요. 그게 내 일입니다.
>
> 대한민국의 주권은 국민에게 있고, 모든 권력은 국민으로부터 나온다. 국가란 국민입니다!

송강호 배우의 목소리가 교실에 울려 퍼졌고, 교실은 쥐 죽은 듯 조용해졌다. 긴장감 속에서 수업을 시작했다.

지난 시간에 아이들의 활동 내용이 정리된 프린트를 나누어주며 이전 수업 때 배운 것을 확인하게 했다. 이 희곡에는 알쏭달쏭한 대사들이 많이 등장한다. 가장 인상적인 문장, 가장 충격적인 문장, 이해가 안 되는 문장을 각자 하나씩 고르고, 모둠별로 이야기한 후에 각 모둠에서 한 명씩 나와 그 문장을 칠판에 썼다. 겹치는 것도 있고, 아닌 것도 있었다. 이번 시간에는 이해가 안 되는 문장을 해결할 차례였다.

희곡 〈파수꾼〉에는 등장인물이 다섯 명 등장한다. 파수꾼 '가', 파수꾼 '나', 파수꾼 '다', 식량 운반인, 촌장. 이리떼가 몰려오는 것을 막기 위해 파수꾼 '가' '나' '다'는 망루에서 매일 망을 본다. 특히 파수꾼 '가'는 망루에 서서 아주 오랫동안 그 역할을 충실히 해왔다. 늙은 파수꾼 '나'와 젊은 파수꾼 '다'는 파수꾼 '가'가 이리떼가 온다고 외치면 북을 두드리며 그를 돕는 역할을 하고 있다. 그러던 어느 날, 파수꾼 '다'는 우연히 망루에 올라갔다가 이리떼가 없는데도 파수꾼 '가'가 이리떼가 온다고 외치는 것을 목격하게 된다. 그 사실을 식량 운반인에게 말한 후 마을은 혼란에 휩싸였고, 마을의 촌장이 파수꾼 '다'를 찾아와 그가 했던 발언을 철회하도록 회유한다. 그리고 희곡은 파수꾼 '가'가 다시 이리떼가 왔다고 외쳤을 때, 파수꾼 '다'가 조용히 양철북을 두드리는 것으로 막을 내린다.

아이들은 특히 촌장의 대사들이 이해하기 어렵다고 했다. 가장 이해하기 어려운 촌장의 대사는 크게 세 가지였다. 촌장 대사의 의미를 이해하기 위해 문답법과 모둠토론 방식을 활용했다.

촌장: 난 저 사람들이 싫어.

"얘들아, 촌장이 말하는 저 사람들이 누구야?"

"마을 사람들이요."

"그렇지. 그런데 마을 사람들이 무대 위에 등장하나?"

"(조금 고민하다가) 아니요."

"작품에서는 마을 사람들이 여기로 다 달려왔다고 나오잖아. 근데 왜 무대 위에 등장하지는 않을까?"

"어? 마을 사람들이 관객인 거 아니에요?"

"아하. 그렇게 볼 수도 있겠네. 음, 아까 송우석 변호사가 국가의 권력은 국민으로부터 나온다고 했잖아. 그런데 국민들은 진실에 관심이 없지. 마을 사람들도 마찬가지야. 이리떼에 대해서 의심하지 않고, 위에서 시키면 시키는 대로 그저 동조만 하잖아."

"아, 그럼 마을 사람들이 좋은 사람이 아니네요?"

"그렇지, 생각하지 않고 막 휘둘리니까. 그래서 마을 사람들은 무대에 등장하지 않고, 주변인으로만 기능하는 거 같아."

"아… 그래서 촌장이 마을 사람들을 싫다고 한 건가?"

촌장: 넌 내 추억이야. 너에게는 내가 늘 그리워하던 것이 있다.

"이 대사를 이해하려면 촌장이 어렸을 적 이리떼가 오는데도 딸기만 땄던 이유를 같이 생각해봐야 해. 자, 그 부분이 힌트니까 연결 지어서 한번 생각해봐. 짝꿍 세 명이서 3분 동안 토론하는 거야. 자, 시작."

아이들은 웅성웅성 토론하고 나는 돌아다니면서 진행 상황을 체크한다. 3분이라는 시간에 특별히 구애받지 않고, 아이들이 충분히 말할 수 있는 시간을 준다.

"어느 정도 얘기가 나온 것 같네. 그럼 오늘은 연구수업이니까 우리 반에서 제일 잘생긴 사람이 발표해볼까?"

민규가 눈을 빛내며 손을 번쩍 든다.

"촌장이 늘 그리워하던 것은 딸기를 좋아하는 순수한 마음이에요. 촌장도 파수꾼 '다'처럼 순수했던 시절이 있었어요. 촌장도 어렸을 적에 이리떼가 없다는 것을 이미 알고 있었고, 그걸 알리려고 했던 거죠. 그래서 '넌 내 추억이야'라고 한 거예요."

"오, 그렇구나. 모두 민규네 해석에 동의하니?"

"(끄덕끄덕) 저희도 비슷해요."

"그리움과 사랑은 비슷해 보이지만 실은 다른 감정이야. 사랑은 지금 현재의 감정이지만, 그리움은 이미 지나간 것이지. 그리움에는 더는 그때로 돌아가지 않아서 다행이라는 안도가 숨어 있어. 아마 촌장은 이런 감정을 느꼈겠지? '그래, 나도 예전에 참 순수했지. 나도 너처럼 그렇게 순수할 때가 있었다. 하지만 참 어리석은 짓이었어.' 촌장의 이런 마음이 드러나는 대사가 있는데 혹시 찾은 사람?"

"'이만한 나이 때 한 번씩 앓는 병'이요!"

촌장: 이만한 나이 때 누구나 한 번씩은 앓는 병이겠지요.

"맞아, 잘 찾았네. 촌장은 이런 말을 하고 싶었던 것 같아. 어렸을 땐 누구나 실리보다 정의가 중요하다고 생각하는 법이지. 그런 치기 어린 열정, 진실을 밝혀야겠다는 순진함. 나도 너만 할 때 그랬단다. 하지만 그건 어릴 때 앓는 '병'에 불과해."

희곡 안의 대사들을 함께 파헤쳐가면서 아이들의 눈빛이 흔들리는 것이 느껴진다. 나이 든 파수꾼 '나'와 젊은 파수꾼 '다'의 대조, 식량 운반인의 태도, 촌장의 말에 숨어 있는 오류를 지적하며 작품의 알레고리들을 하나씩 찾아냈다. 이제 작품 밖으로 나올 때다.

몇 장의 사진으로 만든 PPT를 프로젝터로 띄웠다. 수염이 덥수룩한 드레퓌스의 얼굴이 칠판에 그려졌다. 나는 조심스럽게 칠판 위의 사진을 보며 아이들에게 이야기하기 시작했다.

드레퓌스 사건, '나는 고발한다'

지금으로부터 100년 전, 프랑스에 드레퓌스라는 장군이 있었어. 당시에 누군가가 군의 기밀을 유출한 사건이 있었는데 범인을 찾지 못하던 중, 드레퓌스가 유대인이라는 이유로 혐의를 받고 잡혀 들어가게 되었대. 하지만 나중에 알고 보니 범인은 따로 있었는데 군 수뇌부에서는 군대의 명예가 떨어진다는 이유로 그걸 쉬쉬했다고 해. 바로 이때, 프랑스의 유명한 작가인 에밀 졸라가 '나는 고발한다(J'accuse)'라는 글을 신문에 발표해.

드레퓌스의 잘못이 아님이 명백하게 드러났는데도 이를 그저 감싸려는 프랑스 군인들, 프랑스 시민들에게, 우리는 진실을 밝혀야 할 의무가 있음을 이야기한 거지. 결국, 에밀 졸라의 글 한 편으로 프랑스 전역이 반으로 나뉘어 싸우게 되고 끝내 드레퓌스는 법정 공방 끝에 무죄를 선고받고 풀려나. 진실은 승리한다는 역사의 한 장면이지. 파수꾼과 비슷한 상황이지만 결말은 전혀 다르네.

통행금지, 유신헌법, 긴급조치

〈파수꾼〉은 1974년 8월에 발표된 작품이야. 그럼 이 작품이 발표될 시기의 우리나라 모습을 한번 볼까?

이건 당시 서울의 밤 풍경인데, 사람이 아무도 없지? 왜냐면 그때는 밤에 못 돌아다니게 했거든. 통행금지라는 이름으로. 당시 사람들은 밤에 돌아다닐 수 있는 자유가 없었어. 왜냐고? 이리떼가 무서우니까. 이리떼로부터 사람들을 보호해야 하잖아.

이 사진은 유신헌법이 통과되던 때의 모습이야. 유신헌법이 뭐냐면, 대통령이 입법·사법·행정을 모두 관리하는 절대 권력을 지닐 수 있도록 바꾼 헌법이야. 민주국가에서는 삼권분립이 중요하잖아. 근데 그걸 한 명한테 몰아줬어. 왜 그랬을까? 맞아, 이리떼가 쳐들어오니까. 그걸 대비해야 한다는 거지.

1970년대에는 비상계엄령과 긴급조치라는 게 있었대. 시시때때로 나라에 비상사태가 발생하는 거야. 이때 식량 운반인처럼 헛소리를 하는 사람들을 처벌하기 시작했어. 이 사진에 나와 있는 사람들은… 민청학련 사건과 인혁당 사건으로 감옥에 잡혀 들어간 사람들이야. 선생님도 각 사건에 대해서 잘은 몰라. 그렇지만 죄 없이 잡혀간 사람들이라는 것은 알아. 진실을 말한다는 이유로, 혹은 진실이 밝혀질까 봐 두려워서 없던 일들을 만들어내고 죄 없는 사람들을 함부로 대했어, 그 때는.

사르트르, 지식인의 정의

이 작품이 우리에게 이야기하는 것은 참 여러 가지야. 그런데 선생님은 이 희곡을 읽으며 사르트르를 떠올렸어. 작년에 우리 학교에 특강을 하러 오신 하종강 선생님이 알려주신 건데, 우리 이렇게 한번 노트에 써보자.

지식인이란?

· 자신과 관계없는 문제에도 상관하는 사람.
· 세계의 문제를 자신의 문제로 고민하는 사람.
· 자신의 학문적 명성을 인간의 이름으로 사회와 기존 권력을 비판하기 위해 사용하는 사람.

지식인이라고 해서 단순히 공부 잘하는 사람, 머리가 똑똑한 사람을 의미하는 게 아니야. 진짜 지식인은 나의 학문적 명성을 나의 부귀와 영달을 위해 쓰는 사람이 아니라, 기존 권력의 하수인이 아니라, 자신의 신념 아래 옳은 건 옳다고, 그른 건 그르다고 말할 수 있는 사람이야. 그건 정말 어려운 일이야. 하지만 우리 모두 그런 사람이 되면 좋겠고, 또 고민해보면 좋겠어. 너희도, 사실은 나도.

그럼 오늘 수업은 여기까지.*

***

> 민주: 공개수업이라 솔직히 선생님과 함께 덩달아 긴장한 것 같다. 그리고 가장 인상 깊었던 수업 내용은 '지식인이란 무엇인가?'였다. 지금까지 나는 '지식인'을 단지 학위가 높은 사람, 남들보다 더 많이 배운 사람이라고만 생각했는데, 아니었다. 지식인의 새로운 정의를 알고 난 뒤, 진정한 지식인은 되기가 어렵다고 생각했다.

---

* 연구수업은 존댓말로 진행했지만, 이 글은 수업의 현장감을 살리기 위해 반말로 정리했다. 신규 시절에는 학생들을 존중하는 의미로 무조건 존댓말을 쓰려고 노력했지만, 어느 순간 학생들과의 친소관계나 작품의 이미지에 따라 반말과 존댓말을 조금씩 섞어 쓰는 것이 더 효과적이라고 생각하게 됐다.

준희: 이 희곡을 모두 읽기 전, 나는 저항시같이 다수나 특정 단체, 정부를 비판하는 글을 보면 이런 글로 무엇을 변화시킬 수 있는지, 왜 필요한지 몰랐다. 이 희곡은 내가 읽어본 저항 글 중 가장 인상 깊고 마음을 울렸다. 수업을 하면서 친구들과 의견을 나누며 읽어서인 것 같다.

준현: 〈파수꾼〉의 내용이 드레퓌스 사건과 얼마나 반대되는지 보고 놀랐다. 우리 사회에도 촌장과 파수꾼들보다 에밀 졸라 같은 사람들이 더 많아졌으면 좋겠다. 과학자들도 사르트르가 내린 지식인의 정의처럼 자신의 명성을 기존 권력을 비판하는 데 사용해야 하겠다.

연구수업 후 아이들이 노트에 쓴 수업 후기이다. 매 시간 수업이 시작되기 전 '지난 시간에'라는 코너를 마련해, 전 시간에 배운 내용을 회상하여 노트에 쓰게 하는데, 〈파수꾼〉을 배우고 난 후 아이들이 쓴 짧은 후기들이 마음에 콕 남았다. 지식인이자 과학자로서 앞으로 어떻게 공부해나갈지를 고민하는 열일곱의 표정들. 아이들의 문장에서 힘이 느껴졌다.

책의 우주

내가 처음 해본 책 대화는 대학교 신입생 시절이었다. 너무 추웠던 그해 3월, 선배들은 한 달 동안 신입생 세미나를 진행할 거라고 했고, 그때 나는 '커리'라는 말을 처음 들었다. 나중에야 그것이 '커리큘럼'의 줄임말이라는 걸 알 수 있었다. '커리집'에 인쇄된 글들을 읽고, 또 누군가는 발제를 하고, 다 같이 카페 민들레영토에 모여 하나의 주제로 서로 이야기를 나누는 일이 너무 신기하고 재밌었다. 이런 걸 공부라고 한다는 걸 그때 알았다. 너무 어릴 적이라 어떤 이야기들을 나누었는지는 정확히 생각나지 않는다. 하지만 그때 우리의 눈빛과 그 공간의 분위기는 아직도 생생하게 떠오른다.

국어교사가 된 이후 여러 책 모임에 참여해서 사람들과 책 대화를 하고 있다. 책 모임의 소중함을 알게 된 이후 학교 내에서도 책을 좋아하는 선생님들을 모집해 '한성책방'이라는 이름의 책 모임을 열었다. 책방지기를 자처해서 여러 책을 소개하고, 매달 책을 읽으며 모임을 하는 일은 학교에서 느끼는 가장 큰 기쁨 중 하나다.

수업을 사랑하고, 아이들을 좋아하지만 우리는 가끔 평행선을 탄다. 아이들 사이에서 외로울 때마다 책방 선생님들과 책으로 만나 이야기하며 서로를 위로한다. 많이 배우고 많이 큰다. 아마 책 모임이 아니었다면 불가능했을 것이다. 책은 우리 안의 이야기를 꺼내놓게 하니까. 우리 삶의 깊은 부분을 건드리니까. 이 글을 쓰다 보니 문득 책 모임을 하다가 갑자기 눈물을 터뜨린 선생님 생각이 난다. 그날은 우리 모두 울음바다가 되었다.

책 대화가 좋아서, 아이들에게도 책을 읽고 대화하는 경험을 선물하고 싶었다. 책을 읽고 대화해본 경험은 분명히 오래간다. 그런 확신이 있었다. 한 권의 책이 점차 두꺼워지는 일을 경험하게 해야지. 그걸 알게 된다면 아이들은 앞으로도 책으로 이야기하고 싶어질 거야. 어느 대책 없는 낙관론자의 꿈일지라도 나는 그 꿈이 좋았다. 다행히도 이미 책 읽고 대화하는 수업을 실천하고 계신 선생님들이 많았다. 그들의 수업에 아이디어를 얻어 나도 나만의 책 대화하기 수업을 꾸려나가기 시작했다.

이전 학교에서도 책 대화하기 수업을 한 적이 있는데, 그때 그 수업이 별로 재미있게 느껴지지 않았다. 이유가 무엇일까 고민해보니 다른 선생님의 추천도서를 그대로 갖다 쓴 것이 문제였다. 15권 정도의 훌륭한 책 목록이었지만 내가 읽지 않은 책들이 많았고, 그렇다 보니 추천할 때도, 대화를 나눌 때도 조금 겉도는 것 같았다. 아이들은 재미있게 읽은 것 같았는데 정작 내가 책 내용을 잘 모르니 수업을 진행하면서 조금 민망했다. 아이들이 책을 읽으며 잘 모르는 부분을 물어봐도 해줄 말이 없었다.

그래, 그렇다면 이번에는 내가 잘 알고 좋아하는 책들로 목록을 선정해보자. 국어과에서는 독서 수업을 할 때 책 목록을 최대한 많이 제시하는 것을 중요하게 생각한다. 학생들마다 관심사와 독해 수준이 천차만별이라 자신에게 꼭 맞는 책을 고르기 위해서는 다양한 책 목록이 필요하기 때문이다. 하지만 과학고는 대부분 동질집단으로 학급이 구성되고, 학급당 학생 수가 스무 명밖에 되지 않아서 굳이 책 목록을 많이 제시할 필요가 없었다. 1학기 때는 시를 읽었으니 2학기 때는 소설, 다 같이 단편소설을 읽었으니 모둠별로는 장편소설. 이렇게 큰 그림을 그리고 어떤 책을 함께 읽을지 고민해나갔다. 선정한 책 목록은 다음과 같다.

- **조세희, 《난장이가 쏘아올린 작은 공》, 이성과힘, 1978**

누구에게나 그렇겠지만 《난장이가 쏘아올린 작은 공》은 내게도 늘 가슴이 아리는 책이다. 우리 문학사에서 가장 귀중한 소설을 딱 한 권만 고르라고 한다면, 나는 조금 고민한 후 이 책을 고르겠다. 벌써 출판된 지 40년이 넘었지만 여전히 '난쏘공'은 우리에게 문제적 텍스트다.

책 대화 수업이 끝난 후 한 문학 잡지에서 《난장이가 쏘아올린 작은 공》의 서평을 우연히 읽게 됐다. 서평을 다 읽고 나니 난쏘공으로 치열하게, 정말 치열하게 토론했던 3반 여자아이들 생각이 났다. 서평 사진을 찍어 그들에게 톡을 보냈다. 그 서평을 조금 길게 인용하여 소개한다. 왜 우리가 이 책을 읽는가, 혹은 읽어야 하는가에 대한 일종의 덧붙임이자 사랑 고백.

> 밤을 새운 문장. 나에게 있어서 조세희의 문장은 그렇게 인식되어 있다. 그러나 그의 그런 문장에 대한 태도는 장인적인 조탁과는 다르다. 그가 밤을 새우는 이유는 문장을 다듬기 위해

서가 아니라 문장을 찾기 위해서다. '문장을 찾는다'는 것과 '문장을 다듬는다'는 것은 소설을 대하는 태도에서 분명하게 구별된다. '문장을 다듬는다'는 것은 이미 이야기의 정황이 정해져 있다는 것이다. 그래서 그 정황에 맞는 좀 더 정확한 문장을 구사하는 것이다. 그러나 '문장을 찾는다'는 것은 이야기의 정황이 아직 없다는 말이다. 둘 다 이야기의 방향은 있지만 정황이 있고, 없고에서 차이가 난다. '문장을 찾는다'는 행위는 그렇게 해서 찾아진 문장이, 스스로 정황을 만들어나간다는 뜻이다.

(…)

그래서 조세희의 문장은 달다. 그의 문장은 입안에서 단 게 아니라, 우리 정신의 세세한 근육 하나하나에까지 퍼져 가파른 현실에서 다른 세계로 우리를 들어올린다. 그 세계에서 우리는 현실과 다른 현실이 뫼비우스의 띠처럼 하나로 이어져 있다는 걸 깨닫게 된다. 조세희가《난장이가 쏘아올린 작은 공》에서 그리고 있는 현실은 한 치도 어긋나지 않게, 억압받고 소외된 이 땅의 빈민과 노동자들의 현실인 동시에 또한, 환상적이고 마술적인 세계이다. 그럴 수 있는 이유는 순전히 그의 문장이 빚어내는 아름다움에 있다. 그의 문장은 다듬어지는 것이 아니라 그가 밤을 새우며 찾아낸 문장이기 때문이다. 그의 문장은 안과 밖이 따로 없고, 피폐한 현실과 동화적인 세계가 한몸을 이룬다. 난장이는 굴뚝에서 떨어져 죽고 동시에 굴뚝에서 솟아오른 공이기도 하다.

그의 글쓰기는 언제나 실패했다. 그는 글을 쓰다가 더 이상 글을 쓸 수 없는 자신을 발견하고 문장을 찾아나섰다. 그렇게 밤을 새우며 찾아낸 문장들은 글을 쓰는 행위인 동시에 이 세상에 흩어져 있는 모든 문장을 찾아나서는 길고도 긴 여행의 결과였다.

– 함성호, '문장을 찾아서', 〈악스트〉 3호 중에서

• 신경숙, 《외딴방》, 문학동네, 1995

이 책을 선정하기까지 고민이 많았다. 그리고 실제로 이 책은 절반의 성공과 절반의 실패였다. 글쓰기에 관심이 있는 문과 여학생들에게 읽히면 좋은 반응을 얻을 것이고, 이과 남학생들은 이 책을 어려워할 가능성이 짙다. 하지만 소설 목록을 작성하는 데 있어서 가장 중요한 것은 교사의 애정이다. 교사가 사랑하는 책, 좋다고 판단하는 책은 책 대화에서도 실패할 확률이 낮다.

《외딴방》 읽기는 순전히 이 책에 대한 나의 사랑에서 시작

되었다. 사실 나는 신경숙을 좋아하지 않았다. 베스트셀러였던《엄마를 부탁해》를 읽고 뭐 이런 뻔한 작품이 다 있나 생각했다. 얼마 지나지 않아 표절 시비가 있었고, 나는 그녀가 정치의식과 윤리의식이 없는 작가라고 함부로 판단했다. 그러나 뒤늦게 읽게 된, 그녀의 시작이자 어쩌면 마지막일 수 있는《외딴방》을 읽고서 한동안 깊은 슬픔에 잠길 수밖에 없었다. 그 슬픔에서 헤어나오기 어려웠다. 우리의 불행한 현대사를 고스란히 담고 있는 책이라 아이들과 이야기하기에도 적합하다는 생각이 들었다.

• **한강,《소년이 온다》, 창비, 2014**

우리 문학사에서 한강 같은 작가를 또 만날 수 있을까? 관찰자의 눈, 세상의 낮은 존재들을 응시하는 눈, 조심스럽게 그들의 말을 옮기는 작업. 그렇게 삶의 웅달에서 건져낸 이야기들을 한강은 나지막하게 우리에게 건넨다.

《소년이 온다》는 확실히 쉬운 책은 아니다. 2인칭으로 시작하는 첫 장부터 매 장 서술자가 바뀌고, 등장인물들이 여러 장에 겹쳐 등장하여 독자가 연결고리를 찾아야만 한다. 특유의 서정적이며 비유적인 문체와 다양한 상징이 등장한다. 아이들은 책을 읽는 내내 혼란스러워한다. 하지만 그 혼란을 대화로 풀어낼 수 있다는 점이 이 책의 가장 큰 미덕이다. 80년 광주를 한강의 눈으로 그려낸 이 소설을 통해 우리는 우리가 영혼을 가진 인간이라는 사실을, 그러니까 인간의 존엄성을 아이들과 이야기할 수 있다. 우리 모두는 이 책을 읽어야만 한다.

• **이기호, 《차남들의 세계사》, 민음사, 2014**

《소년이 온다》가 80년 광주를 철저히 광주 시민들의 입장에서 이야기하는 책이라면, 《차남들의 세계사》는 전두환 정권 아래 자행되었던 간첩 조작 사건을 제삼자의 눈으로 익살스럽게 보여주는 책이다. 그리고 그 익살이 책의 후반부로 갈수록 더 큰 화살이 되어 독자의 마음에 깊은 상처를 낸다. 술술 읽히는 문체와 개성적인 인물 군상들, 그리고 빠른 사건 진행으로 소설책을 처음 읽는 아이들도 잘 읽어낼 수 있다는 장점이 있다.

• **장강명, 《그믐, 또는 당신이 세계를 기억하는 방식》, 문학동네, 2015**

2016년 책 대화하기의 역사를 새로 쓴 《그믐, 또는 당신이 세계를 기억하는 방식》. 모든 반에서 열렬히 사랑받았고, 지지자가 속출했으며, 매시간 싸우다시피 치열한 토론이 일어났다. 나 역시 찾아내지 못한 책의 수많은 조각을 아이들이 직접 맞추기 시작했다. "쌤 이 작가 미쳤어요!" "이 소설 뭐예요!" "으아 하나도 이해가 안 돼요!" "근데 너무 재밌어요!" "저 이 책 네 번 읽었어요!" 아이들의 열광 속에 소설의 의미는 계속해서 여러 겹의 이야기를 쌓아갔고, 끝내 새롭게 해석되기에 이르렀다.

우리 학교 학생들은 이 책을 무척이나 좋아해서 다른 학교 선생님들께도 권했는데, 막상 다른 학교에서는 아이들이 이 책을 너무 어려워했다고 한다. 다시 생각해보니 독서 습관이 들지 않은 아이들은 이 책의 서술방식 자체를 낯설게 느낄 것 같다. 또한 '우주알'의 존재나 물리학의 법칙 같은 것들이 과고생의 흥미를 더욱 자극하지 않았나 싶다.

• **에밀 아자르, 《자기 앞의 생》, 문학동네, 1975**

책을 읽으면서 항상 아이들을 관찰한다. 아이들이 책을 읽는 표정을 살피고, 책이 넘어가는 속도와 눈빛의 반짝임이나 고개를 숙이는 정도 같은 것들을 본다. 그래서 책을 읽는 모습을 봤을 때만 해도 '이 책은 완벽하게 실패다.' 하고 좌절했다. 아이들이 읽기엔 너무 밋밋하구나, 어쩌지? 걱정을 했는데 막상 책 대화를 시작하니 이게 웬걸. 아이들은 너무도 흥미롭게 대화를 이어나갔다. 책을 읽고 성매매 합법화를 토론 주제로 정해 2:2 토론을 진행한 모둠도 있었고, 삶과 죽음, 그리고 사랑의 의미에 대해 깊이 있게 이야기하는 모둠도 있었다.

이 책을 고른 아이들 중 몇몇은 '한국 소설 말고 외국 소설이 읽고 싶어서' 이 책을 택했다고 말했다. 그때 다시 느꼈다. 책 목록은 열려 있어야 아이들에게 외면받지 않을 수 있다는 것을. 원하지 않는 책을 읽는 일은 그 자체로 고역이다. 책 읽기 수업이 오히려 아이들을 책과 멀어지게 한다면, 그게 도대체 무슨 의미가 있겠는가. 독서 수업에서 가장 중요하게 새겨두어야 할 점은 아이들이 책을 싫어하지 않게 세심히 살피는 일이다. 늘 그 점을 염두에 두고 수업을 하려고 한다.

내가 선택한 여섯 권의 책이 아이들에게 어떤 의미로 남을까? 잘 모르겠다. 내 수업을 좋아하는 아이들이 있으면 싫어하는 아이들이 있는 것도 당연하다. 나와 책을 읽는 취향이 같은 아이도 있을 수 있고, 정반대의 취향도 분명히 있을 것이다. 하지만 그럼에도 책 대화 수업을 통해 내가 전하고 싶은 메시지는 명확했다. 책을 읽고 함께 이야기하며 생각을 나누는 즐거움, 어렵고 불분명했던 지점들이 대화를 통해 확 풀릴 때의 쾌감, 우리가 함께 소중한 무언가를 공유하고 있다는 느낌, 그리고 책 읽기를 통해 나와 세상에 대해 더 많이 알아가야 한다는 자각을 함께 경험해보는 것이다.

같은 책을 고른 친구 네 명이 모둠을 만들어 책을 읽고, 매 시간 독서일지를 썼다. 그리고 독서일지 쓴 것을 토대로 세 시간 동안 책 대화를 나누었다. 책을 읽으며 좋았던 부분을 서로 공유하고, 질문들을 대화로 풀어갔으며, 이해가 안 되는 부분이나 잘 모르는 내용에 대해서는 나에게 질문했다. 내가 아이들에게 도움을 준 경우도 있었지만 아이들이 새로운 해석을 해낸 경우가 훨씬 많았다. 미처 발견하지 못한 단서들이 소설 곳곳에 숨어 있었고, 아이들의 대화를 옆에서 엿들으며 깜짝 놀라는 일이 잦았다.

책 대화를 할 때는 매번 기록하는 사람을 정해 대화의 내용을 노트북으로 기록하게 했고, 아이들은 세 시간 동안 대화한 기록을 모아 보고서 형태로 정리했다. 그렇게 공들여 쓴 보고서를 나만 보기가 아까웠다. 같은 책을 읽은 다른 반의 아이들에게 책 대화 보고서를 나누어준 후, 한번 읽어보라고 했다. 그러니까 1반의《소년이 온다》모둠에게 2반, 3반, 4반, 5반의《소년이 온다》책 대화 보고서를 나눠주고 동료평가를 하게 한 것이다. 송승훈 선생님이 알려준 방법대로, 공감되는 부분에는 밑줄 긋고 동그라미, 탁월하다고 생각되는 부분에는 밑줄 긋고 별표, 이해가 안 되는 부분에는 네모 표시를 하고 옆에 그 이유를 쓰거나 질문을 쓰게 했다. 그렇게 꼼꼼하게 책 대화 보고서를 읽은 후에는 각자 읽은 감상 혹은 평가를 포스트잇에 써서 책 대화 보고서의 마지막 장에 붙였다.

아이들은 그 작업을 굉장히 좋아했다. 같은 책을 읽고도 전혀 다른 이야기를 할 수 있다는 점에 일단 놀랐고, 새로운 해석에 흥미로워했다. 그 결과 책 대화를 두 번 한 것과 같은 효과가 있었다. 포스트잇에 자기 생각을 써서 보고서에 붙이는 일도, 다른 반 친구들이 평가해준 자기 모둠의 보고서를 다시 읽는 일도 아이들에겐 큰 재미였다.

그리고 책 대화하기 마지막 시간. 무려 10차시나 되는 수업을 책 대화하기 수행평가에 할애했기 때문에 더는 수업시간을 빼는 것이 어려웠다. 곧 기말고사였다. 하지만 이대로 책 대화 수업을 끝낼 수가 없었다. 책의 내용을 제대로 이해하지 못하고 함부로 평가한 후 책 대화를 마무리 지은 아이들이 있었기 때문이다. 어째야 하나 고민을 하다가 수업시간이 여유가 있는 반만 한 시간을 빼서 책 대화 마무리 작업을 하기로 했다. 우리가 읽은 책이 세상의 전부가 아니라, 수많은 책이 서로 연결되어 있다는 사실을 알려주고 싶었다. 김영하 작가가 이야기한, 책의 우주.

《난장이가 쏘아올린 작은 공》-《전태일 평전》-《송곳》-《그의 슬픔과 기쁨》-《소년이 온다》- 김남주의 시 〈학살2〉- 연극 〈푸르른 날에〉-《나의 한국현대사》-《한국 현대사 산책》-《채식주의자》-《차남들의 세계사》-《웬만해선 아무렇지 않다》-《그믐, 당신이 세계를 기억하는 방식》-《한국이 싫어서》-《댓글부대》-《쇼코의 미소》

아이들이 내가 소개한 책들을 읽을 거라고 생각한 것은 아니다. 다만 이 세상에 이렇게 많은 책이 존재한다는 것, 작가들은 계속해서 말하고 있다는 것, 우리가 잊어서는 안 되는 일들이 별처럼 많다는 것을 보여주려고 했다. 그리고 혹시 '한 번 읽어보고 싶다'라는 생각이 든다면 그것만으로 성공한 수업일 거라고 생각했다.

좋은 문학이란…

열아홉 번째 수업에 대한 기록

준희

형광등을 끄고 커튼을 쳐도 밝은 아침이다. 상쾌한 아침이지만 밖은 춥고, 1교시가 8분이나 늦게 끝나 많이 예민해진 친구들과 함께 수업이 시작되었다. 그래도 하고운 선생님께서 들어오셔서 분위기가 많이 좋아진 듯하다. 오늘은 선생님께서 책 소개를 하겠다고 하셨다.

책 소개 전에 오늘 소개할 책과 관련이 있다고 3반 친구들이 만든 시 영상 〈학살〉을 보여주셨다. 한세가 총을 들고 우리를 향해 달려오는 장면이 군인만큼은 아니지만 인상 깊었다. 보는 내내 지난 시간까지 읽었던 《소년이 온다》에 나오는 시민군의 전투와 그들이 당한 끔찍한 고문들이 생각났다. 우리

나라를 지키기 때문에 믿었던 군인들이 우리에게 총을 겨누고 방아쇠를 당겼다는 것이 큰 충격이었다. 광주의 고통이 책만 읽었을 때보다 더 생생하고 마음에 닿았다. 다 보고 나서 왜인지 모르겠지만 마음이 먹먹했다. 그리고 시 영상을 보고 난 느낌을 국어노트에 쓰라고 하셨다. 그래서 위 내용을 썼다. 국어노트를 쓰고 나서야 책 소개가 시작되었다.

선생님께서 웬일로 PPT를 만들어서 컴퓨터에 띄워주셨다. 그리고 만들 때 사용했던 예쁜 폰트가 안 나왔다고 조금 불평하셨다. 한 슬라이드에 사진 한 장 붙어 있는 PPT였기에 더 예쁜 폰트가 있었으면 하는, 2프로 부족한 느낌이 있었다. 그래도 고딕체로 해도 괜찮은 것 같았다. 우리가 이전 시간까지 장편소설 읽기 수업을 했으니 '시작은 우리가 읽은 소설 중 하나겠지'라고 생각했다. 하지만《전태일 평전》을 이야기하시면서 70년대 우리나라의 역사를 살짝 설명해주셨다. 책을 맞히지 못해 아쉬운 내 마음이 이야기를 들으면서 곧바로 정숙하고 내려앉은 분위기가 되었다. "우리는 기계가 아니다!" 정말 소름 돋았다. 이 정도까지 노동자를 부려먹었다는 고용주들에게 화가 났다. 얼마나 힘들었으면 분신자살을 하며 울었을까!

그리고 다음으로《난장이가 쏘아올린 작은 공》을 소개해

주셨다. 이 책은 우리 반 세 명이 지난 시간까지 수업으로 읽었지만 그 외에도 이미 읽은 친구들, 집에 소장되어 있는 친구들이 많이 있었다. 나는 과거에 금서였다는 책으로 기억하고 있었다. 이 책도 전태일 사건의 연장선으로 당시 정권을 비판하는 내용이 담겨 있다. 이후에 80년대를 지나며 PPT로 《소년이 온다》의 표지를 보여주셨다. 이 책은 내가 지난 시간까지 읽었던 광주 민주화 운동의 고통을 말해주는 책이다.

오늘 선생님께서 《채식주의자》《댓글부대》《한국이 싫어서》《쇼코의 미소》를 소개해주시면서 문학과 역사에 대해 설명해주셨다. 70~80년대 소설들은 당시 군사정권이던 전두환 정권과 사회를 비판하는 성격을 갖고 있다. 그리고 이런 어려운 상황에서 우리에게 문학의 중요함을 알려줬다.

수업을 마무리하면서 선생님께서 칠판에 '좋은 문학이란, 1. 끝나는 순간 바로 시작하는 문학 2. 대답보다 물음이 될 수 있는 문학'이라 쓰시고 그 아래 3을 쓰신 뒤 내가 생각하는 문학에 대해 적어보라고 하셨다.* 내가 어디에선가 문학가는 어

---

* 영화평론가 이동진의 인터뷰를 읽다가 좋은 영화에 대한 정의가 탁월하다고 생각해 메모해두었다. 영화 대신 소설을 넣어도 좋을 것 같아 앞의 두 문장을 수업 때 이야기했다. "좋은 영화는 끝나는 순간 비로소 시작하는 영화다. 또 대답보단 물음이 될 수 있는 영화다. 어떤 영화는 영화 안에

려운 상황에서 가장 예민하기 때문에 가장 힘들어한다는 이야기를 들었고 이 이야기를 떠올렸다. 즉, 당시 전두환 정권 때와 지금 최순실 게이트에 대하여 문학가가 먼저 느끼고 반응하여 문학으로써 사람들에게 알려준다는 이야기이다. 나는 3번에 좋은 문학이란 작은 파도에도 예민하게 반응하여 인식하지 못하는 사람들에게 알려줄 수 있는 문학이라 적었다. 오늘 수업은 두뇌보다 마음으로 생각하는 수업이었다.

서 완결적이고 하고 싶은 말을 다 한다. 그런 영화들은 대부분 우리를 추동하진 않는다. 좋은 영화는 영화의 소재, 주제, 형식의 측면에서 관객이 자꾸 리플레이하게 만든다. 관객이 생각하게 하고, 경험을 확장시킨다."

벽과 알

한 해의 마지막 수업. 이날은 주로 지난 1년의 국어 수업을 돌아보는 시간을 갖는다. 예전 학교에서는 '책거리'라는 이름으로 아이들과 즐겁게 퀴즈쇼를 하고, 모둠별로 문학을 모티프로 한 짧은 공연을 하기도 했다. 2011년, 2학년 문학 시간에 신경림의 〈가난한 사랑 노래〉를 노래로 만들어 시 낭송 대회에서 그걸 발표한 고등학생들의 영상을 보여준 일이 있었다. "가난하다고 해서 사랑을 모르겠는가." 아이들은 그 영상에 꽤 감동을 받았던 것 같다. 한용운 모둠, 윤동주 모둠, 백석 모둠, 이육사 모둠 이렇게 네 개 모둠을 나누어 각 모둠에서 배운 것을 토대로 공연을 꾸려보라고 했더니, 한용운 모둠에서는 〈님의 침묵〉을 가사로 노래를 만들어왔다. 한 명은 기타를

치고, 두 명은 낭송을 하고, 한 명은 노래를 불렀다. 노래를 부른 남자아이는 수업시간엔 거의 말을 하지 않는 아이였다. 그렇게 노래를 잘 부르는지 그날 처음 알았다.

윤동주 모둠에서는 시집《하늘과 바람과 별과 시》를 빌려와 각자 가장 마음에 드는 시를 낭송했다. 이육사 모둠에서는 춤을 췄다. 백석 모둠에서는 백석의 시를 읽고 각자 자작시를 써와서 발표했다. 1학년 때는 날을 세우고 나를 대했던 예은이가 2학년이 되면서부터는 문학 수업을 열심히 들었는데, 그 애가 각자 시를 써오자고 해서 이 공연을 준비하게 됐다는 얘기를 들었다. 아이들이 쓴 시는 사실 잘 생각이 나지 않는다. 그렇지만 수줍게 시를 읽던 아이들의 표정과 창문으로 들어오던 겨울 해의 짙은 노란 빛만은 선명하다.

그 장면들이 오래갔다. 학기 말 수업을 준비할 때마다 그때를 떠올렸다. 아이들에게 1년을 돌아볼 수 있는 좋은 시간을 선물하고 싶었다. 하지만 그건 나와 아이들의 주파수가 맞을 때만 가능한 일이었다. 학교에서 아무것도 하지 않겠다는 강력한 의지를 지닌 아이들에게 같이 무언가를 해보자는 제안은 죽기보다 싫을 것이다. 책거리를 준비하는 데는 교사와 학생의 품이 너무 많이 들었고, 나는 현실과 타협했다. 한 장짜리 학습지를 만들어서 지난

1년간 배운 작품들의 목록을 쓰고, 기억나는 것들, 가장 좋았던 수업, 다시 하고 싶은 수행평가 등을 설문조사 형식으로 쓰게 했다. 그걸 걷어서 교무실로 돌아가는 복도에서부터 읽기 시작하면, 일주일 내내 우울과 행복이 널뛰기를 했다.

이번 해에도 설문조사 종이를 만들려고 하다가, 그 종이들이 내 손에 잠깐 읽히고 제대로 정리되지 못한 채 버려지는 것이 문득 아깝다는 생각이 들었다. 매 학기 아이들이 쓴 종이를 일일이 확인하는 일이 번거롭기도 했고, 조금 새로운 방식으로 수업 평가를 받을 수 없을까 머리를 굴려보았다. 연구부에서 일할 때 부장님이 구글 드라이브로 편하게 설문조사를 받았던 일이 떠올랐다. 그래, 구글 설문지를 활용하자.

"아듀! 2016 국어 수업"

시원섭섭한 마음을 담아 문서 제목을 쓰고, 본격적인 설문을 시작하기 전에 아이들과 지난 1년간 함께 찍은 사진들을 첨부했다. 과학시화전, 명사특강, 체육대회, 이공계 체험학습, 그리고 1학년 담임들의 단체사진도. 사진과 사진 사이에 한마디씩 툭툭 말을 건넸다.

애들아, 안녕?

벌써 1년이 후딱 지났네.

지난 1년간 너희와 함께해서 참 좋았어.

우리 이제 지난 1년을 한번 마무리해보자.

1. 가장 기억에 남는 문학작품을 골라주세요.
2. 가장 기억에 남는 글을 골라주세요.
3. 가장 기억에 남는 수업을 골라주세요.
4. 가장 도움이 되었던 수행평가를 골라주세요.
5. 수업을 하면서 도움이 된 문학지식이 있다면?
6. 내년에 하고 싶은 국어 수업이 있다면?
7. 가장 힘들었던 국어 수업은? 이유도 함께.
8. 우리 학교 독서 프로그램 중 가장 좋았던 것은?
9. 새로 생겼으면 하는 독서 행사가 있다면?
10. 1년을 마치면서 선생님께 하고 싶은 말, 혹은 바라는 점.

이렇게 열 가지 질문을 쓰고, 1~6번과 8번 질문은 선택형으로 7번과 9, 10번은 서술형으로 설문을 받았다. 1번부터 5번까지는 지난 1년의 수업을 돌아보게 하는 것이 목적이었기 때문에 질문의 보기를 꼼꼼하게 정리해서 제시했다.

정보 선생님께 말씀드려 미리 컴퓨터실을 빌리고, 마지막 수업시간에 학생들을 모두 컴퓨터실로 오게 했다. 설문조사 링크 주소를 칠판에 쓰고, 이 설문을 다 하고 나면 나머지는 자유시간이라고 했더니 아이들은 "야호!" 하면서 링크를 눌러 저마다의 답을 고르고, 글을 쓴다. 1학년 144명 중 121명이 응답했는데(한 반은 아쉽게도 수업이 없어 설문을 하지 못했다) 아이들의 응답이 가리키는 바는 명확했다.

가장 기억에 남는 문학작품은 이강백의 〈파수꾼〉과 배명훈의 〈타클라마칸 배달사고〉, 그다음이 신해철의 〈민물장어의 꿈〉이었다. 가장 기억에 남는 글은 윤미향의 《25년간의 수요일》과 무라카미 하루키의 〈벽과 알〉이 꼽혔다. 가장 기억에 남는 수업은 '단편소설 질문으로 깊이 읽기'였고, 가장 도움이 되었던 수행평가로는 '책 대화하기'의 표가 압도적으로 높았다. 그리고 가장 도움이 된 문학지식으로는 무라카미 하루키의 문장이 선정되었다.

> 혹시 여기에 높고 단단한 벽이 있고, 거기에 부딪쳐서 깨지는 알이 있다면, 나는 늘 그 알의 편에 서겠다.

하루키는 늘 내게 알쏭달쏭한 사람이었다. 스무 살에 《상실의 시대》를 읽고 안개가 부옇게 낀, 습하고 끈적한 길에 서 있는 듯한 느낌을 받았다. 무얼 말하고 싶은 건지 알 수가 없었다. 서사가 좀 더 분명한《해변의 카프카》나《세계의 끝과 하드보일드 원더랜드》를 읽고 나서도 난감하긴 매한가지였다. 지금 생각해보면 스무 살이 될 때까지 문학 자습서에 나오는 한국 대표 단편선 정도밖에 읽지 않았으므로 소설을 읽는 근육 자체가 없었다. 하루키 소설을 이해하지 못하는 건 어쩌면 당연한 일이었다.

무라카미 하루키는 어려워. 나 혼자 그런 결론을 내고 그를 싫어했던 것 같다. 그렇게 몇 년이 지나고, 우연히 무라카미 하루키가 쓴《무라카미 하루키 잡문집》을 집어 들었는데 그 책을 읽고 나는 하루키에 대한 기존의 생각을 철회했다. 예전에는 별로라고 단정 지었던 그의 책들이 책장에 하나둘 늘어갔고, 그 후에 읽은《달리기를 말할 때 내가 하고 싶은 이야기》와《직업으로서의 소설가》의 문장들은 힘들 때마다 큰 위로가 되어주었다. 그러니까 내게 하루키는《무라카미 하루키 잡문집》 이전과 이후로 나뉘는데, 그 정점에 하루키가 예루살렘 문학상을 받을 때 수상 소감으로 읽었다는 〈벽과 알〉이 있다.

혹시 여기에 높고 단단한 벽이 있고, 거기에 부딪쳐서 깨지는 알이 있다면, 나는 늘 그 알의 편에 서겠다.

'벽과 알'이라는 탁월한 비유는 아이들과 함께 읽은 모든 소설을 관통했다. 소설 수업의 마무리로 이 글을 읽고 아이들은 〈타클라마칸 배달사고〉의 은수를, 《차남들의 세계사》의 나복만을, 《자기 앞의 생》의 로자 아줌마와 모모를, 《난장이가 쏘아올린 작은 공》의 난장이와 영호, 영수, 영희를 생각했다. 우리는 모두 깨지기 쉬운 알이다. 하지만 우리는 모두 저마다의 영혼을 지닌 소중한 알이다.

소설을 읽는다는 것은 한 명, 한 명의 알에게 관심을 갖는 일이구나. 우리가 영혼을 지닌 존재라는 것을 망각하지 않으려는 몸부림이구나. 그렇게 벽과 알의 비유는 소설을 읽는 이유를 알려주었고, 우리를 깨어 있게 했다.

그 사실을 늘 잊지 않으려고 한다. 소설을 읽을 때뿐만이 아니라 일상 속에서도. 내가 가르치는 아이들을 집단으로 보지 않고 한 명, 한 명의 개인으로 바라보기. 사건의 명칭이나 집단 혹은 시스템으로 뭉뚱그리지 말고, 그 안의 사람을 보기. 2만 명이 사망한 대지진 사건에 대해 일본의 한 영화감독은 2만 명이 죽은 하나의 사건이 아니라 한 사람이 죽은 사건이 2만 번 일어난 거라고 했다. 세월호 참사 희생자가 아니라

김건우, 이영만, 유예은, 최혜정, 한세영… 차마 다 적을 수 없어서 미안한 304명의 이름 하나하나를 기억하려는 사람들이 있다. 잊지 않으려는 사람들이 있다. 나 역시 그 알의 편에 선다.

국어 수업은 전문적이지 않다는 말에 대하여

겨울이 왔다. 일출 시각이 늦어져 출근 후에 해가 돋는 장면을 목격한다. 아침 조회를 하려고 교실 앞문을 열면 노란 햇살이 쏟아진다. 교실을 물들인 노오란 빛. 그 경이로움에 창문 너머를 바라보고 있으면 아이들이 의문스러운 눈길로 나는 쳐다본다.

"애들아, 해가 완전 동그랗게 떴어!"

"쌤, 원래 해는 둥글어요."

이런 문과 담임과 이과 학생들 같으니라고. 아이들은 나를 신기해하고, 나는 아이들을 신기해한다.

과학고에 근무한 지 2년이 되어간다. 처음엔 신기하기만 했던 일들이 일상이 되었고, 아이들은 항상, 늘, 언제나 바쁘다.

주말에는 고향 친구들을 만나 고등학교 시절 이야기를 했다. 이과 출신인 내 친구들은 국어 선생님들이 전혀 생각나지 않는다고 했다. 기억하는 선생님들은 모두 과학 선생님. 과학 수업이 너무 재미있었기 때문이다. 그에 반해 국어 선생님들은 뭔가 전문적이지 않은 느낌이 들었다고 했다. 국어 시간에는 그냥 글을 읽히면 되는 게 아니냐며, 별다른 감흥도 없고 재미도 없었다고. 그 말을 들으니 조금 슬퍼지면서도, 뭔가 각성이 되었다.

과학을 좋아하는 아이들에게 내 말이 먹히려면 결국 체계적으로 정리된 수업을 보여야 한다. 내가 선택한 텍스트, 내가 계획한 수업 방법이 서로 절묘하게 맞아떨어져야 한다. 단순히 좋은 말들을 나열한 글이 아니라 아이들의 삶과 그들의 고민이 맞닿은 글이어야 한다. 지적 호기심을 불러일으키고 지적 만족감을 주는 글이어야 한다. 그리고 그걸 여러 방면으로 바라보고, 생각하고, 쓰고, 이야기할 수 있어야 한다. 내가 열심히 준비하는 수업이 아이들에게 전혀 와 닿지 않는 먼 곳의 메아리가 되지 않으려면. 가련한 혼잣말이 되지 않으려면.

내가 가르치는 학생들이 이과 학생들이라는 사실을 잊지 않기 위해 애썼다. 수업에 대해 어려움을 느낄 때마다 친구들에게 도움을 구했다. 가끔은 이과 출신인 고향 친구들이 수업에 대해 동료 국어교사보다 더 현실적인 조언을 해줄 때가 있다. 국어교사들이 당연하게 받아들이던 것들을, 이 친구들은 보다 과학적인 논리를 요구하며 의문스럽게 바라봤다. 내 욕심 때문에 더 나가려고 할 때마다, 친구들은 나를 말려주고는 했다. 그렇게 나는 수업 계획을 다시 손보고 단계적으로 수업을 구상해나갔다.

친구들에게 조언을 구하는 동시에 수업모임도 꾸준히 했다. 전국국어교사모임 독서교육분과 물꼬방에서 독서교육의 실천 사례들을 공부했다면, 고수(고등학교 수업연구모임)에서는 하루하루의 수업을 어떻게 꾸려나갈 것인지를 자주 묻고 치열하게 토론했다. 2주에 한 번, 때로는 한 달에 한 번씩 만나 책을 읽고 서로의 수업 이야기를 나눴다. 수업 사례를 발표하기도 하고, 당장 수업에 쓸 학습지를 가져와서 조언을 구하기도 하고, 학생 글을 가져와서 평가 고민을 하기도 했다. 나 혼자 모든 것을 결정하지 않고 서로에게 물어볼 때 훨씬 나은 수업을 할 수 있었다. 미세한 차이가 수업에서 큰 변화를 가져왔다.

2015년 과학고 첫해 수업을 할 때는 수업의 큰 줄기를 보지 못했다. 그저 내가 좋아하는 소설을 아이들과 같이 읽고 싶다는 욕심이 컸던 것 같다. 학생들과 배명훈의 〈타클라마칸 배달사고〉, 김애란의 〈서른〉, 줌파 라히리의 〈세 번째이자 마지막 대륙〉, 성석제의 〈황만근은 이렇게 말했다〉 이렇게 네 편의 단편소설을 연달아 읽었다. 그런데 소설을 읽는 재미는 있었지만 네 작품 사이에 별다른 연결고리가 없었다. 시간이 지난 뒤에야 그 허점이 눈에 보였다. 수업을 계획할 때 작품 하나만 파고드는 게 아니라 전체적인 흐름에도 신경을 써야 한다는 걸 뒤늦게 깨달았다.

내 수업을 객관적인 시각에서 바라보는 연습을 하는 것. 주변 사람들과 끊임없이 수업 대화를 하는 것. 그게 바로 내가 국어 수업의 전문성을 높이기 위해 택한 방법이었다.

전문적인 국어 수업이 무엇인가에 대해서는 아직도 제대로 답하기 힘들다. 처음에는 보다 '과학적인' 수업이 '전문적인' 수업이라고 착각하기도 했다. 그렇지만 단계적이고 체계적으로 분화된 수업이라고 해서 꼭 좋은 수업인 것은 아니다. 여전히 나는 정확하지 않은 질문을 하기도 하고, 임기응변으로 처리할 때가 많으며, 수업 시간에 허둥대는 일도 잦다. 그렇지만 바로 그때 새로운 종류의 깨달음이 찾아오고, 그런 뒤늦은 후회들을 블로그에 써두곤 했다. 그러고 나면 왠지 다음엔 더 잘할 수 있으리라는 자신감이 조금 생겨났다.

국어교사는 지식의 구조를 알려주는 사람이 아니라, 지식을 구조화할 수 있도록 도와주는 사람이다. 국어 수업의 전문성을 이렇게 말해도 될까? 앞으로도 계속 고민해나가야 할 문제인 것 같다.

무지한 자는 스승이 모르는 것을 홀로 배우게 될 것이다.
만일 무지한 자가 그것을 할 수 있음을 스승이 믿어주고,
또 그로 하여금 그의 능력을 현실화하도록
강제하기만 한다면 말이다.

_ 자크 랑시에르, 《무지한 스승》 중에서

2학년
1학기

어떤 지적 모험

무지한 스승

학교의 시간은 사회의 시간과는 조금 다르게 흐른다. 나의 친구들은 사원에서 시작해 주임을 달고, 대리를 달고, 이제는 과장으로 진급하고 있다. 나 역시 진급을 하긴 했는데, 그게 겉으로 보기엔 아무런 티가 나지 않는다. 나도 2급 정교사에서 1급 정교사로 급이 달라졌는데.

사범대학을 졸업하거나 교육대학원에서 대학원 과정을 밟으면 자동으로 2급 정교사 자격증이 나온다. 그 후 학교에서 실교육경력을 3, 4년 정도 쌓은 후에는 1급 정교사 자격연수를 받을 수 있고, 그 연수를 통과하면 1급 정교사가 된다. 그럼 친구들은 물어본다.

"1급이랑 2급이랑 뭐가 달라?"

그럼 나는 꽤 난감해진다. 으음… 호봉이 조금 오른다든가?

알고 보니 1급 정교사가 되면 부장직을 할 수 있고, 관리자라고 부르는 교장, 교감이 될 수 있는 기본 자격을 갖추게 된다고 한다. 그래서 교직에 있는 사람들은 대부분 1급 정교사 자격연수(이하 1정 연수)를 받게 되는데, 이 1정 연수는 주로 방학 중에 3주 동안 실시된다(과거에는 무려 6주 동안 진행됐다며 선배들은 우릴 볼 때마다 세상 편해졌다고 했다). 3년 동안 가르치는 일에만 익숙해져 있다가 갑자기 종일 강의실에 앉아 수업을 들으려니 여간 힘든 게 아니었다. 아, 애들이 종일 수업 듣는 데 필요한 노동력이 엄청나구나. 어른들은 흔히 학생을 보며 '가만히 앉아서 수업 듣는 게 뭐가 힘들어'라는 말을 하지만 실제로 해보시라. 정말 힘들다. 정말 정말 힘들다.

무덥고 힘든 날들이었지만, 2013년 여름에 받은 1정 연수의 기억은 꽤 아름답게 남아 있다. 과거는 미화되기 때문이기도 하고, 또 그때 들은 수업들이 무척이나 소중했기 때문이기도 하다. 1정 연수는 각 시도교육청에서 가장 중요하게 생각하는 연수이니만큼 커리큘럼 구성이나 강사 섭외가 화려하다. 당시 서울시교육청에서 내로라하는 강사들을 대거 섭외해서, 강의 계획표를 보고 깜짝 놀랐던 기억이 있다. 김애란 작가와 나희덕 시인을 비롯해 국어교육계의 대부 김대행 교수님,《시를 잊은 그대에게》의 저자 정재찬 교수님, 철학을 가르치는 안광복 선생님과 독서교육 실천가로 유명한 송승훈 선생님까지 강의 하나하나가 주는 울림이 대단했다.

그들이 주는 지적 자극에 감화를 받아서였을까? 1정 연수 이후로 수업을 대하는 내 자세가 달라졌음을 느꼈다. 나도 그들처럼 좋은 수업을 하고 싶다는 열망이 강해졌다. 특히 문학평론가 유성호 교수님이 해주신 말씀은 지금도 생생히 기억하고 있다. 그중 몇 가지 사례는 시 수업을 할 때마다 아이들에게 전해주고는 한다. 사랑과 그리움, 커피잔의 비유, 서정주와 백석의 차이, 내가 만난 기형도 이야기 같은 것들.

1정 연수를 듣고 또 하나 변한 점이 있다면 예전보다 책을 훨씬 많이 읽게 되었다는 것이다. 좋은 선생님들은 강의만 하신 것이 아니었다. "저는 이 책을 읽고 이런 생각을 하게 됐어요. 선생님 이 책 꼭 읽어보세요." 그런 말씀들을 하셨다. 그러면 나는 노트에 빼곡히 책 목록을 열심히 받아 적었는데, 지금은 아니더라도 언젠가 읽을 수 있겠지 하는 마음이었던 것 같다.

최인영 선생님이 추천하신 책 목록 중에 그 책이 있었다. 자크 랑시에르의《무지한 스승》.

이 책의 첫문장은 이렇게 시작한다. "1818년 루뱅 대학 불문학 담당 외국인 강사가 된 조제프 자코토는 어떤 지적 모험을 했다." 간단히 책 내용을 소개하자면 이렇다. 조제프 자코토는 정치적 사유 때문에 네덜란드로 망명을 해야 했고, 네덜란드어를 전혀 모르는 상태에서 루뱅의 학생들에게 프랑스어를 가르쳐야 했다. 마찬가지로 루뱅의 학생들은 프랑스어를 전혀 몰랐다. 그래서 자코토는 당시 프랑스어-네덜란드어 대역판으로 출간된《텔레마코스의 모험》이라는 책을 교재로 삼아 학생들에게 프랑스어 텍스트를 익히라고 했는데, 그 결과는 놀라웠다. 학생들은 책을 읽으며 스스로 단어들을 조합해 프랑스어 문장 만드는 법을 익혔고, 동사 변화의 이치와 문법을 깨달았다. 교사의 직접적인 도움 없이도 말이다.

조제프 자코토의 사례에서 자크 랑시에르는 뭔가 중요한 것을 발견했다. 우리는 흔히 교사를 설명하는 사람이라고 생각하지만 그건 크게 잘못되었다는 것. 오히려 설명은 학생들을 성장하지 못하게 가두고, 배움으로부터 멀어지게 한다는 것. 사람은 배우고자 할 때 설명해주는 스승 없이도 혼자 배울 수 있다는 것. 그는 똑똑한 스승이 아니라 무지한 스승이 오히려 학생들에게 더 큰 도움이 된다고 역설했다.

자크 랑시에르의 견해에 대해서는 아마 사람마다 의견이

분분할 것이다. 나 역시 책을 읽으면서 고개를 끄덕이기도 했지만 한편으로는 갸웃거리기도 했으니까. 하지만 '어떤 지적 모험'이라는 그 말이 나를 사로잡았다. 그리고 나의 지나간 스승들을 떠올려보았다. 나는 언제 배웠던가. 내가 크게 성장했던 때는 언제였나. 그건 스승들이 전달해주는 지식과는 크게 상관이 없었다. 내가 부딪힐 때, 그때 비로소 배움이 가능했다.

과학고로 옮겨올 때 내게는 꿈이 하나 있었다. 과학고에 있는 동안 유명한 과학 고전을 읽어보겠다는 꿈. 내가 생각한 과학 고전은 칼 세이건의《코스모스》와 리처드 도킨스의《이기적 유전자》딱 두 권이었다. 과학에 문외한이지만 이 두 책은 워낙 유명했고, 언젠가 꼭 읽어보고 싶었다. 이 책을 읽으면 과학고 아이들을 더 잘 이해할 수 있을지도 몰라. 그러다 문득 생각했다. 아이들과 함께 이 책을 읽으면 어떨까? 코스모스에 무지한 내가 코스모스에 무지한 아이들과 함께 떠나는 어떤 지적 모험.

아이들과 함께 수업시간에 과학책을 읽는 김현민 선생님께 전화를 걸었다.

"국어교사인 제가 천체물리학 서적을 읽을 수 있을까요?"

선생님은 단번에 대답했다.

"네! 할 수 있습니다. 오히려 국어교사와 함께 읽는 게 더 좋을 수도 있어요!"

그래, 나는 물리교사와 다른 지점에서 책을 읽고 새로운 배움을 발견할지도 몰라. 나를 지지해주는 사람의 목소리를 들으니 갑자기 힘이 났다.

마침 팟캐스트 〈과학하고 앉아있네〉에서 '칼세이건 살롱'이라는 이름으로 코스모스 13부작 특집 방송을 하고 있었다. 관심이 없어서 몰랐지만 2014년에 내셔널 지오그래픽에서 〈코스모스 리부트〉라는 이름으로 다큐멘터리를 새롭게 제작해서 화제가 되었던 모양이다. 그 바람을 타고 다시 《코스모스》가 유행이었는지 2016년 12월에는 마음산책에서 《칼세이건의 말》이라는 책도 출간되었다. 마침 새학기를 앞두고 테드 창의 소설집 《당신 인생의 이야기》에 수록된 〈네 인생의 이야기〉를 원작으로 한 SF 영화 〈컨택트Arrival〉도 개봉했다. 그러니까 이 모든 일이 나와 아이들의 지적 모험을 위한 순풍처럼 느껴졌다면 과장일까.

갑자기 가슴이 뛰었다. 쿵쿵. 어쩌면 우리는 대단한 항해를 시작하는 걸지도 몰라! 코스모스 수업을 기획하기 위해 관련 책들을 구입하고, 도서관을 찾았다. 설레는 마음으로 수업안내서를 만들었다. 타닥타닥 타이핑을 하면서 우리가 이 책을 읽으며 함께 성장할 수 있을 거라는 확신이 들었다. 한 학기 동안 한 권의 책만 읽는 완전히 새로운 수업. 늘 고대했던 '침묵으로 가르치기'*를 드디어 실현할 수 있게 되었다는 꿈에 부풀었다.

* 도널드 L. 핀켈의 《침묵으로 가르치기》(다산초당, 2010)에서는 수업을 교사의 강의가 아니라 토론과 탐구, 글쓰기로 진행하라고 말한다. 이 책에서 아이디어를 얻어 '개방형 세미나'로 《코스모스》 수업을 계획했다. 《침묵으로 가르치기》는 교사들이 꼭 읽어야 할 최고의 지침서라고 생각한다.

나의 코스모스

야심차게 시작한《코스모스》수업은 시작부터 삐걱댔다. '공간의 광막함과 시간의 영겁에서'라는 부제를 달고 시작했는데 내 수업이야말로 광막한 수준이었다. 무지한 스승을 자처했으나, 무지한 스승으로 살아가는 일은 스스로의 존재감을 갉아먹는 일임을 미처 알지 못했다. 쉽지 않을 거라고 예상은 했지만, 매시간 나의 한계를 맛보는 일은 씁쓸했다. 망했다는 생각이 자주 들었다.

'망했다.'

교사들 사이에서 자주 쓰는 말이다. 그건 그냥 딱 바로 알 수 있다. 아이들의 반응은 매번 너무나 솔직하고, 내가 모르는 지점을 정확하게 파고든다. 교실 문을 닫고 교무실로 돌아올 때마다 '망했다'는 생각을 지울 수가 없었다. 내가 망한 이유는 결국 하나였다. 잘 몰라서.

《코스모스》는 총 13장으로 구성된 책이다. 1장인 '코스모스의 바닷가에서'부터 13장인 '누가 우리 지구를 대변해줄까?'까지 칼 세이건은 우주에 얽힌 여러 가지 이야기들을 아름답고 유려한 문장으로 들려준다. 이 책을 단순히 천문학책이라고 한정 짓기 어려운 것이 생물학과 진화론에 대한 설명(2장 '우주 생명의 푸가')과 더불어 과학사와 교육학에 대한 견해(7장 '밤하늘의 등뼈'), 상대성이론(8장 '시간과 공간을 가르는 여행')과 외계생명체와의 교신 가능성(11장 '은하대백과 사전') 등 과학의 여러 분야를 넘나들며 서술하고 있기 때문이다. 덕분에 100퍼센트 문과 체질인 나도 한 문장, 한 문장에 감탄하며 이 책을 읽을 수 있었다.

그런데 아차, 그게 문제였다. 감탄하며 읽기. 과학적 지식이 전무한 나는 이 책을 비판적으로 바라보기가 힘들었다. 우주에 대해 잘 모르기 때문에 칼 세이건이 하는 말들에 고개를 끄덕이며 읽어나갈 뿐, 새로운 질문이나 비판할 거리를 거의 찾지 못했다. 책은 무척 재미있고 흥미로웠지만 독후 활동을 할 때 아이들에게 알려줄 게 없었다. 아무것도 모르면 새로운 시각으로 책을 읽을 수 있을 것이라 기대했는데, 나는 그냥 아무것도 모르는 데서 머물러 있었다. 아, 이런 무지한 스승 같으니.

다행히 나보다 과학에 대한 애정과 지식이 훨씬 많은 아이들은《코스모스》를 좀 더 다채롭게 읽어나갔다. 수업은 주로 독서일지에 쓴 질문들을 모아 공유한 후 모둠별로 토론하고 발표하는 방식으로 진행했다. 이때 가장 중요한 것이 질문이다. 어떤 질문을 다루느냐에 따라 수업의 주제가 완전히 바뀌기 때문이다. 학교 현장에서는 흔히 질문의 종류를 네 가지 층위로 나눈다. 책의 내용 그 자체에 대한 질문, 책에 제시된 정보들을 추론해서 제기할 수 있는 질문, 책의 내용이나 저자의 견해를 비판하는 질문, 책과 자신의 삶을 연결 짓는 질문이 바로 그것이다. 내가 한 질문들이 사실적 질문에 머물렀다면, 아이들은 다양한 맥락에서 여러 층위의 질문을 제기하며 책을 읽어나갔다.

아이들이 제기한 질문들에 교사로서 내가 정확한 답을 해주지 못한다는 사실이 답답했다. 텍스트를 제대로 소화하지 못했다는 자괴감, 교사로서 할 일을 제대로 못 하고 있다는 죄책감이 동시에 찾아왔다. 한 학기 동안《코스모스》를 읽으면서 계속 그런 감정들과 싸워나가야 했다. 잘 알지도 못하면서 아이들에게 계속 활동을 강요하는 것은 아닌가, 미궁에 빠진 것 같은 날들이 계속되었다.

수업은 막막했으나 이상하게도 아이들의 노트를 검사할 때만큼은 그런 기분이 들지 않았다. 매주 정해진 장을 읽고 인상적인 문장과 그 이유, 책을 읽고 떠오른 질문과 생각을 노트에 써서 제출하는 것이 매시간 해야 할 과제였다. 아이들의 노트를 읽다 보면 코끝이 찡해질 때가 많았다. 비록 수업은 크게 재미가 없을지라도, 이 책을 읽는다는 것만으로도 아이들에게 큰 지적 자극이 되겠다는 생각이 들었다. 나는 그렇게 매주 아이들의 노트를 읽고, 꼼꼼하게 코멘트를 달아주고, 아이들이 한 질문들을 반별로 한 장의 페이퍼로 정리해서 수업에 들어갔다. 수업은 매일 비슷하지만 조금씩 다르게 흘러갔다. 어떤 날은 모둠별 질문 해결, 어떤 날은 책 읽고 친구에게 설명해주기, 어떤 날은 모둠별로 내용 정리해서 발표하기. 그때그때 각 장의 성격에 맞게 조금씩 활동 내용을 바꾸었고, 지루하지 않게 책을 읽어나가는 것이 중요하다고 생각해서 여러 가지 독후 활동을 시도해보았다.

그렇게 《코스모스》를 차근차근 읽어나간 후 마지막 과제로 '나의 코스모스'라는 글쓰기 주제를 제시했다. 처음에는 서평을 쓰게 할 생각이었으나 이 방대한 책에 대해 A4용지 두세 쪽의 서평을 쓰는 일은 무리였다. 게다가 워낙 유명한 책이기 때문에 표절에 쉽게 노출될 것 같았다. 고민을 하다가 얼마 전 들은 홍승수 교수의 팟캐스트 강의를 떠올렸다. 홍승수 교수는 칼 세이건의 《코스모스》 번역자이자 천체물리학을 오랫동안 연구해오신 분이다. 그 강의가 많은 사람들에게 울림을 주어 《나의 코스모스》라는 제목의 책으로 정리되어 나왔는데, 나는 그 책을 읽으며 무척이나 설렜다. 한 사람의 인생과 그가 매료되었던 세계, 그리고 그 세계에서 나눈 우정의 이야기가 펼쳐졌기 때문이다.

생각해보니 아이들에게도 자기만의 코스모스가 있을 것 같았다. 유년시절의 한순간, 매일을 살아가는 나의 학교, 혹은 아직 오지 않는 나의 미래. 내가 꿈꾸는, 혹은 탐구하고 싶은 세계나 무언가에 매료된 경험, 혹은 코스모스를 느꼈던 첫사랑의 순간일 수도 있겠다. 그걸 〈코스모스〉와 연결 지어보면 어떨까?

- 하나의 주제로 쓸 것, 글의 흐름이 이어지게 쓸 것.
- 내가 생각하는 코스모스가 무엇인지 드러나게 쓸 것.
- 《코스모스》를 읽으면서 알게 된 점을 글 속에 녹여낼 것.

글쓰기 과제를 받고 아이들은 또다시 아아악 소리를 질렀다. 하지만 이내 자신만의 세계 속에 빠져들었고, 또 무엇인가를 상상하기 시작했다. 내가 고등학교 1학년 때 당시 우리학교 교장 선생님은 신망이 두터우신 분이었는데(선배들이 교장샘 좋으신 분이라면 그건 참말이었다) 교장 선생님은 월요일 운동장 조회 때마다 늘 같은 말로 훈화를 끝내시곤 했다.

"여러분 한 명 한 명은 모두 소우주입니다."

그때는 그 말이 무엇을 뜻하는지 이해하지 못했다. 그렇지만 왠지 멋있는 말 같았고, 매번 듣다 보니 그냥 그런가 했다. 시간이 흘러 교사가 되어서야 비로소 그때 교장 선생님이 학생들 한 명 한 명을 어떻게 바라보셨는지 알게 됐다. '소우주'라는 말 속에는 학생들이 스스로를 귀하게 여기면 좋겠다는 마음이 담겨 있었다는 것을. 아이들의 글을 읽을 때면 교장 선생님의 말씀이 특히 더 와닿는다. 아이들은 모두 각자 하나의 소우주다.

《코스모스》 수업을 떠올리면 늘 마음이 답답하고 아쉽다는 생각이 있었는데, 이 글을 쓰고 아이들의 글을 다시 읽으며 그런 죄책감에서 조금 벗어났다. 글을 쓰며 되돌아보니 2017년 1학기는 내가 교사로서 가장 겸손하게 살아온 시기가 아닌가 한다. 잘 몰랐기 때문에, 수업에서 할 수 있는 것이 거의 없었기 때문에 치열하게 노트 검사를 하고, 공들여 매일 코멘트를 썼다. 아이들이 하는 모든 질문들을 유의미하게 받아들였고, 작은 성장에도 기뻐했다.

유식한 교사와 무지한 학생이 분리되는 수업이 아니라, 무지한 교사와 무지한 학생이 함께 지적으로 발견하고 성장하는 수업. 처음의 목표가 그것이었다. 그래, 그렇다면 그걸로 됐다.

코스모스로의 항해

칼 세이건의 《코스모스》를 읽고

민주

나의 코스모스. 내게도 코스모스가 하나 있다. 과거에도, 지금도, 그리고 미래에도, 내 삶을 움직이며 원동력을 줄 코스모스. 나의 우주, 그것은 바로 수학이다.

수학을 하나의 학문으로 처음 접한 것은 초등학교 5학년 때였다. 4학년 때 생각에도 없었던 영재교육원 시험을 쳐서 그해에 영재교육원에 입학하게 된 것이 발단이었다. 영재교육원에서는 이전에는 접하지 못했던 느낌의 수학을 접할 수 있었다. 신선하고 재미있었다. 새로운 세계를 보게 된 느낌이랄까. 그때부터 수학과 서서히 사랑에 빠지게 된 것 같다.

중학교에 올라가면서부터는 수학의 세계 안으로 더 깊숙

이 들어갔다. 수업시간에 뭔가 궁금한 것이 생기면 끈질기게 물고 늘어졌다. 시간이 날 때마다 고민하고 또 고민했다. 궁금증 하나에 정말 폭 빠져 살았다. 궁금증이 어떤 방식으로든 해결될 때까지 생각의 끈을 놓지 않았다. 그러다가 증명한 것이 원시 피타고라스 수의 무한성이었다. 굉장히 뿌듯하고 의미 있는 경험이었다. 매일 수학에 대해 고민하고, 세상을 수학적으로 보려 노력했다. 수학은 곧 책을 넘어서 내 삶을 채우기 시작했다. 만물이 수학으로 보이기 시작했다. 시험 기간에 원과 접선을 너무 많이 공부했을 때는, 반찬 뚜껑을 보면 그 뚜껑에 그을 수 있는 접선이 연상되었다. 심지어는 꿈에 수학이 나온 적도 있었다.

더 깊이 있게 수학을 공부하고 싶다는 생각 하나로 과학고에 입학했다. 하지만 막상 입학을 하고 나니 바쁘게 달리느라 전처럼 수학에 빠져 살지 못했다. 그러던 중 학기 말에 독서 주간이 있었다. 도서관에 도착하자마자 400번대로 향했다. 서가에는 수학책들이 빽빽하게 꽂혀 있었다. 《소수의 음악》《미적분학》《페르마의 마지막 정리》… 제목들만 훑어보는데도 행복했다. 내가 사랑하는 수학이 마치 책들 속에서 빠져나와 둥둥 떠다니며 나를 감싸는 느낌이었다. 고심 끝에 책을 골라 대출했다. 기숙사에서 책을 읽는 내내 수학의 세계 속에서 행복했다.

2학기가 되어서는 수학에만 집중하고 고민할 여유와 마음의 공간이 조금 생겼다. 한 학기 동안 미적분을 배우면서, 조유미 선생님과 《오일러가 사랑한 수 e》도 읽었고, 성지영 선생님과 발표 수업도 했다. 토론하고 생각하고 발견한 것을 함께 공유하는 과정에서 수학적으로 많은 것을 느꼈고 행복하고 소중한 시간들이었다. 내가 이걸 위해서 과고에 왔구나 싶으면서 오길 정말 잘했다는 생각을 많이 했다. 수학은 내 삶의 원천이자 나를 지탱해주는 지지대이다.

누군가 내게 왜 수학을 좋아하냐고 물어보면, 나는 '수학의 논리 체계에 매료되어서'라고 답할 것이다. 이 체계는 매우 견고하게 서 있는 동시에 쉽게 무너져버릴 가능성도 있다. 논리 어딘가에 논리적인 비약이 단 하나라도 존재하면, 그 위에 쌓아 올려진 논리들은 모두 무너져버린다. 건물의 주춧돌이 뽑히는 느낌이랄까. 논리 체계는 여러 요소들로 이루어진다. 이 요소들은 서로 얽혀 있다. 마치 시공간이 얽혀 있듯이 말이다. 이러한 복잡함 안에서 수학의 체계는 미묘하게 맞물려 돌아간다. 이러한 논리 체계는 코스모스와 닮아 있다.

수학의 세계는 매우 미묘하다. 수학에서의 미묘한 차이는 큰 변화를 불러오고는 한다. 수학은 또한 복잡한 시스템을 가지고 있다. 인간은 이 미묘함과 복잡함의 세계를 구성해내고, 이 세계를 해석하기 위해 고군분투한다. 코스모스도 미묘함과 복잡함으로 가득한 메커니즘을 통해 만들어졌다. 생명 현상을 가장 잘 표현할 수 있는 단어는 복잡함과 미묘함일 것이다. 이러한 메커니즘을 통해 만들어진 복잡한 시스템은 다단계의 과정을 통해 작동한다.

수학은 질서가 보이지 않는 곳에 질서를 부여한다. 연관성이 없는 것들도, 규칙성이 없어 보이는 것들도 수학의 세계로 들어가면 새로운 질서를 가지게 된다. 코스모스는 우주 자체이자 곧 우주의 질서이다. 어쩌면 수학의 본질은 코스모스에 있는 것이 아닐까? 드넓은 코스모스에서 우리는 작디작은 존재이다. 코스모스에서 우리의 시간은 하루살이의 시간, 아니 찰나의 순간에 불과하다. 코스모스를 알아가면 알아갈수록, 우리가 코스모스에서 얼마나 하찮고 작은 존재인지를 느껴가게 된다.

수학의 세계에서도 그렇다. 수학을 알아가면 알아갈수록, 수학이라는 학문은 광범위하고 깊다는 생각을 하게 된다. 그리고 그 가운데 서 있는 나는 아직 무지하다는 것을 느끼게 된다. 그러나 우리가 코스모스를 향한 항해를 계속하듯이, 나도 수학의 세계로 항해를 계속한다. 아직 모르는 것이 많고,

알아가야 할 것이 많기 때문이다. 아직은 경외의 대상이자 알 수 없는 세계지만, 나의 코스모스를 알아가려는 노력이 나를 코스모스에 조금 더 가까이 데려다줄 것이다. 코스모스를 향한 나의 항해는 오늘도, 내일도 계속된다.

지식은 공공의 것이다

이번 주에는《코스모스》7장을 읽었다. 이 장은 '밤하늘의 등뼈'라는 제목으로 지금까지 천문학이 어떻게 발전해왔는가를 설명하고 있다. 사람들은 아주 오래전부터 밤하늘에 관심을 가졌고, 보츠와나공화국 칼라하리사막에 사는 !쿵족(!는 앞니 뒤에 혀를 대고 강하게 발음한다는 뜻의 국제음성기호)은 하늘의 은하수를 밤하늘의 등뼈라고 믿었다고 한다. 하늘이 거대한 짐승이고 우리는 그 짐승의 배 속에서 산다고 생각했기 때문이다. 은하수가 아니었다면 어둠이 산산조각 나면서 우리 머리 위로 우수수 떨어질 것이라 믿었다. 그러나 점차 시간이 지나면서 사람들은 밤하늘의 존재들을 신이라는 이름으로 설명하기 시작했고, 이러한 생각에 반기를 든 최초의 과학자들이 이오니아에서 태어났다. 이오니아의 과학자들은 신들이 세상을 만든 것이 아니고 모든 물리적 힘의 결과로 만물이 만들어졌다고 생각했다. 그중의 한 인물이 우리가 잘 알고 있는 피타고라스다.

피타고라스학파는 대단한 발견들을 했지만 '완벽함'의 허상에 빠져 종종 그릇된 결과들을 옳다고 주장했고, 중요한 수학적 발견들을 외부와 공유하지 않았다. 과학의 신성한 지식은 소수 집단의 전유물이라고 생각했기 때문이다. 플라톤과 아리스토텔레스에 이르러 이러한 생각은 더욱 견고해졌는데 그들은 노예제도를 옹호했다. 칼 세이건은 이를 현대사회의 교육 문제와 연결해 비판한다. 여전히 고등교육의 기회가 주로 부유층 자녀들에게만 주어진다는 사실과 더불어 부유층 출신은 당연히 현상 유지에만 관심이 있다는 것. 그 결과 과학의 발전은 쇠퇴하게 된다는 것이다.

7장은 내용이 아주 흥미롭고 다채로워서 노트 검사가 유난히 더 재미있었다. 아이들은 노트에 독서일지를 써서 내는데, 일지에 주로 들어가는 것은 내용 요약, 중요하다고 생각되거나 인상적인 문장과 그 이유, 책을 읽으면서 궁금한 점이나 질문 두 개 이상, 자유로운 생각과 감상이다. 어제는 작년에 우리 반 학생이었던 J의 국어노트를 읽다가 갑자기 눈물이 핑 돌았다.

> 오늘따라 유독 나 자신에게 왜 이렇게 화가 나는지 모르겠다. 나는 결국 사회에 구속되어 공장에서 물건을 찍어내듯 단순 지식을 머릿속에 넣는 기계의 삶을 살고 있는 것일까? 나의 수학적 호기심마저 우리 사회가 집어삼키지 않을까 두렵다.

J는 수학을 좋아하고 잘하고 싶어 하지만 과학고에 진학한 후 여러 좌절을 겪고 있다. 우리 학교에 재학하는 학생들 대부분은 초등학교 때부터 엄청난 사교육을 받아왔다. 심한 집은 아이에게 한 달에 드는 사교육비만 300만 원이 넘는다는 이야기를 들었다. 초등학생 때 수학의 정석을 시작하고, 중학생 때 고등학교 과정 수학·과학을 예습한 후 과학고에 진학한다. 국어도 예외가 아닌데 국어 성적이 떨어지면 즉시 팀을 짜서 국어 과외를 받는다. 이러한 환경에서 학원을 안 가는 아이들은 소수자가 된다.

과학 발전에 꼭 필요한 요소는 자유로운 탐구 정신인데 과연 사교육으로 훈련받은 아이들에게 이것을 기대할 수 있을까? 이것이 J의 문제의식이었다. 하지만 그러면서도 자기 역시 그렇게 키워지는 것은 아닌가 자문하고 있는 것이다.

스스로에게 화가 날 만큼. 사회가 자신의 수학적 호기심을 집어삼킬지도 모른다는 두려움. 그건 내게도 일정 부분 책임이 있다.

7장을 읽고 아이들은 여러 가지 질문을 했는데 그중 나는 이 문제에 대해 함께 토론해보자고 했다. '연구 결과의 공표는 연구자의 의무인가, 선택 사항인가?' 아이들의 결론은 다양했다.

'저작권이 있는 이유는 연구의 오리지널리티를 지켜주기 위해서다. 따라서 자신이 연구한 결과를 공표해야 할 필요는 없다'

'아니다. 연구 결과를 공표하고 나눌 때 과학이 더욱 발전할 수 있다. 그리고 그럴 때 사회 역시 발전할 수 있다'

두 주장이 팽팽히 맞섰다. 아이들끼리 모둠토론을 하게 하고 내가 토론에 개입하지는 않았다. 하지만 토론이 끝날 무렵, 내가 대학 시절 겪은 일화를 아이들에게 들려주었다.

대학교 4학년 2학기에 수강한 평생교육론 첫 시간. 선생님이 우리에게 질문을 던졌다.

"교육의 본질은 공교육일까, 사교육일까?"

대부분의 학생들이 교육은 태초에 가정에서 시작되었고, 학교 교육이 제도화된 것은 근대의 일이다, 교육의 기원을 거

슬러 올라가보면 본질적으로 사교육의 영역에 속한다고 답했다. 선생님은 이렇게 말씀하셨다.

"나는 교육의 본질은 공교육이라고 생각해. 지식은 공공의 것이거든."

지식은 공공의 것이다. 내가 학교에서 길을 잃을 때마다 이 말은 나를 지탱해준다. 입시기관이 되어버린 고등학교에서 생활기록부를 써주는 사람으로 전락해버릴 때마다, 졸업과 동시에 아이들을 낭떠러지로 밀어낸다는 생각이 들 때마다, 아이들의 성적으로 미래를 가늠하며 상담이라는 이름으로 못 할 말을 할 때마다, 그리고 논픽션 쓰기 수업에서 읽었던 《우리는 왜 공부할수록 가난해지는가》를 읽으며 황망한 기분을 느낄 때조차.*

---

* 지금은 사라진 신촌의 카페 파스텔에서 '은유의 논픽션 쓰기' 수업을 들을 때 쓴 글이다. 은유 선생님은 천주희의 《우리는 왜 공부할수록 가난해지는가》를 읽고 글을 한 편씩 써오라고 했고, 이 글을 쓰기 위해 끙끙댔던 기억이 난다. 오랜만에 이 글을 읽는다. 그리고 다시 새겨본다. 지식은 공공의 것이다.

함께 영화를 본다는 것은 서로 함께 견해를 나누기 때문에 재미있는 것이다. 그러므로 영화를 본 다음 그 영화에 대해서 자기의 자리에서 그 영화에 대한 서로의 교양을 배울 수 있어야 한다. 나는 그때 그 영화가 그 영화를 함께 본 사람의 수만큼 풍요로워진다고 믿는다. (…) 철학자 들뢰즈는 단언적으로 "언젠가 세상은 영화가 될 것이다"라고 말했다.

_ 정성일·정우열, 《언젠가 세상은 영화가 될 것이다》 중에서

2학년
2학기

언젠가 세상은 영화가 될 것이다

연애소설을 읽는 시간

과학고에 온 이후 나를 대하는 아이들의 온도가 다르다는 걸 느꼈다. 첫 학교에서는 틈만 나면 아이들이 교무실로 나를 보러 찾아왔다. 수업이 시작되기 전 노트북을 들어주러 오는 친구가 있었고, 복도를 지나갈 때는 아이들이 우르르 몰려와 "쌤쌤" 하고는 했다. 그런데 이곳은 교무실도, 복도도 적막하다. 특히 한 반 분량의 노트를 들고 종종걸음으로 복도를 지날 때도 아이들은 묵례만 할 뿐 도와주겠다는 말이 일절 없다. 이제 나도 인기가 사그라들었군. 아 과거의 영화로운 날들이여.

그러다 우연히 새로운 사실을 하나 알게 되었다. 입시에 실패하고 재수를 하고 있는 졸업생 여자아이 한 명이 작년 담임에게 편지를 보낸 것이다. 이 친구는 과학이 자신의 길이 아니라는 사실을 뒤늦게 깨닫고 문과로 전과를 해서 재수학원에 다니는 중이었다. 그런 그녀를 충격에 빠뜨린 것은 문과 남자라는 존재.

"선생님, 문과 남자애들은 되게 이상해요. 제가 짐을 들고 가고 있으면 막 들어줘요. 그리고 여자애들도 이상해요. 부탁할 일이 있으면 당연하게 그냥 시켜요."

친한 국어 선생님이 받은 그 편지를 같이 읽고서 어찌나 깔깔 웃었던지. 그러다가 문득 아, 하고 뭔가를 깨닫게 됐다. 내게 친밀감을 잘 표시하지 않고, 도움을 청하지도 도움을 주지도 않는 과학고 아이들. '내가 이 학교에 와서 인기가 없어진 것이 아니라, 어쩌면 이 학교 아이들 특유의 성향일 수 있겠구나.' 과학고 아이들은 자신에게 주어진 일을 혼자서 감당하려 하고 다른 사람에게 부탁을 잘 하지 않는다. 그러니 당연히 도와주는 일도 별로 없다. 내 일은 내가 알아서 하는 것. 그런데 문과 아이들은 서로 도움을 주고 도움을 받는 일에 매우 익숙하다. 그것이 나의 경험과 재수생의 편지를 거칠게 요약한 결론이었다.

1학년 담임을 할 때 우리 반 남자애들은 유난히 수줍음이 많았다. 상담을 해야 하는데 자기 이야기를 거의 하지 않고 나의 질문에 '네? 네, 네…'만 반복하곤 해서 상담에 어려움을 겪었다. 특히 Y는 여자랑 말을 거의 안 해봐서 여자 선생님 앞에서는 말이 잘 안 나온다고 했다. 실제로 반을 잘 관찰해보면 남자애들 따로, 여자애들 따로 노는 일이 비일비재했다. 남녀칠세부동석도 아니고 21세기에 이게 웬 말인가.

과학고는 남녀 비율이 4:1 정도 된다. 남자 열여섯 명, 여자 네 명이 한 반으로 구성되는 경우가 가장 흔했다. 남자아이들이 절대적으로 많아서 그런 걸까? 남자아이들은 굳이 여자아이들과 친하게 지내지 않아도 충분히 즐겁게 지내는 것처럼 보였다. 여자아이들과 교류하지 않아도 학교생활을 하는 데 큰 지장이 없을 정도로. 말이 적고 수줍은 성격이야 개인의 성향일 수 있지만, 대부분의 아이들이 비슷한 성향을 갖고 있다면 그건 다시 생각해봐야 할 문제였다.

2학기에 내가 맡은 과목은 '화법과 작문'이었다. 화법은 말하기, 작문은 글쓰기로, 자기표현과 관련이 깊은 과목이다. 이 과목을 제대로 배운다면 아이들은 좀 더 상대방을 배려하며 말하고, 자기표현을 더 잘할 수 있게 되지 않을까, 그런 생각을 했다. 1학기 때 《코스모스》라는 한 권의 책으로만 한 학기를 달려왔으니 이번 학기에는 다채로운 텍스트와 수업 방법을 구상해보자. 무엇보다 사람의 마음을 주고받는 일에 초점을 맞추자.

상대방의 마음을 헤아리고 마음을 주고받게 하는 데는 연애소설이 제격이었다. 연애를 하면 필연적으로 상대방의 마음을 알아채기 위해 부단히 노력할 수밖에 없다. 우리는 각자가 독립적인 개체라고 생각하지만 사실 그렇지 않다. 우리는 타인에게 쉽게 휘둘리면서도, 또 타인으로 인해 얼마나 큰 힘을 받으며 살아가는지. 그래, 연애를 경험해보지 못한 아이들에게 연애소설을 읽히자. 그리고 사람의 마음이란 과학의 법칙처럼 딱딱 떨어지는 것이 아님을 알게 하자.

이런 생각을 하게 된 것은 국어과 교실에 비치해둔 《연애소설이 필요한 시간》이라는 책에 보인 아이들의 관심 덕분이기도 하다. 서가에 꽂혀 있는 많은 책들 가운데 아이들은 유독 그 작은 보랏빛 책을 꺼내서 쉬는시간에 읽어보곤 했다. 그걸 보며 나는 속으로 '짜식들' 하고 가만히 웃었다.

이제 소설을 고르는 일만 남겨두고 있었다. 내게는 두 가지 선택지가 있었다. 권여선의 〈봄밤〉(《안녕 주정뱅이》 수록)과 최은영의 〈한지와 영주〉(《쇼코의 미소》 수록). 〈봄밤〉은 그해 내가 읽은 최고의 연애소설이었으나 주인공이 인생의 쓴맛 단맛을 다 알아버린 40~50대 남녀였다. 문장이 기가 막히게 아름답고 질문거리들도 풍성했으나 아이들이 과연 이 사랑을 어떻게 바라볼까 예상하기 어려웠다. 반면 〈한지와 영주〉는 본격 연애소설이라고 보기에는 조금 밋밋했다. 하지만 삶과 관계에 서툰 20대가 주인공이었고, 주인공인 영주의 내밀한 속마음이 작품 속에서 숨김없이 펼쳐졌다. 영주의 직업이 지질학자라는 점도 왠지 모르게 마음을 끌었다. 아이들에게 슬며시 어떤 작품이 더 좋겠니, 물어보니 후자를 택한다. 좋아, 이번 학기는 〈한지와 영주〉다.

〈한지와 영주〉는 서울 출신의 영주와 케냐 나이로비 출신의 한지가 프랑스의 한 수도원에서 만나고 또 헤어지는 과정을 다루고 있다. 하지만 서로 사랑 고백을 한다든가 애정을 표현하는 장면이 전무하기 때문에 소설을 다 읽고 아이들은 "이게 연애소설이에요?" 묻기도 했다. 이 소설은 영주의 시점으로 서술되고 있기 때문에 한지의 마음을 정확히 알 수 없고, 그래서 이들이 나눈 것이 사랑인지 우정인지 정확히 가늠하기 어렵다. 하지만 소설을 다 읽고 나면 그 구별이 별로 중요하지 않다는 것을 알게 된다. 중요한 것은 사람의 마음이 여러 겹으로 둘러싸여 있다는 사실.

소설의 분량이 꽤 길고 감정을 따라가는 일이 쉽지 않았기에 아이들이 소설을 어려워하면 어쩌나 걱정했는데 웬걸, 아이들은 〈한지와 영주〉에 처음부터 몰입했다. 과학고에 입학한 이후 아이들은 여러 가지 마음의 병을 앓고 있었다. 전교생이 서로를 모두 알고 있었고, 24시간 365일을 기숙사에서 지내야 하는 날들 속에서 아이들은 자기만의 공간, 나를 숨길 곳이 없었다. 잘나고 똑똑한 아이들 가운데서 난생처음 좌절감을 맛보았고, 서툴게 맺은 관계들은 쉽게 어긋나기 일쑤였다. 그런 일들을 여러 번 겪은 후 읽은 〈한지와 영주〉는 아이들 마음의 문을 두드렸다.

한지가 영주에게 갑자기 냉담해진 이유를 추론하기 위해 질문 수업을 진행했다. 아이들은 저마다 그 이유를 생각한 후 5분 동안 노트에 글을 썼고, 모둠별로 서로의 생각을 나누었다. 그리고 모둠에서 나눈 이야기를 발표를 통해 반 전체와 공유했다. 그렇게 스무 명의 생각을 모았더니 놀라운 결과가 나왔다. 아이들은 소설의 단서들을 예리하게 포착했고, 인물의 대사와 행동 하나하나를 허투루 보지 않았다. 한지가 코뿔소를 풀어줄 때 했던 대사인 "사랑과 애착을 구별해야 해"가 해석의 근거로 제시되었을 때는 모두가 탄성을 내뱉었다. 아, 혼자 책을 읽을 때는 전혀 생각지 못했던 겹겹의 이야기들이었다.

수업이 끝난 후 아이들은 종종 나를 찾아왔다. 저녁식사 시간에 운동장에서 만난 여자아이들이 "쌤, 〈한지와 영주〉 너무 좋아요. 저희 어제 밤새도록 소설 얘기 했어요." 했을 때는 마음이 배시시 웃었다. 소설을 읽고 누군가가 많이 울었다는 이야기를 전해 들을 때는 마음이 쓰리기도 했다. 아이들은 한지와 영주를 통해 입시라는 현실 속에서 꾹꾹 눌러왔던 자기의 감정을 가만히 바라보기 시작했다.

갑자기 내게 연애상담을 하러 온 남자아이가 두 명 있었고, 헤어졌던 커플이 다시 만나는 일이 벌어졌다. 갑자기 학교에 먼지*들이 많이 생겼다며 선생님들이 의아해했다. 그리고 물리를 좋아하는 여자아이 한 명이 어느 날 내게 편지를 주고 갔다. 과학고에 들어와 처음 받아보는 편지였다.

---

* 우리 학교에서는 커플들을 먼지라고 불렀다. 커플이 먼지인 이유는 ①깨끗하지 못하다 ②구석진 곳 어디에나 존재한다 ③금방 사라진다 등이 있다. 아이들은 지나가는 커플을 보면 "으악 먼지다." 하며 피하지만, 실은 모두들 먼지가 되고 싶어 한다.

선생님께

재현

안녕하세요. 저 재현이에요. 〈한지와 영주〉를 읽고 에세이를 쓰면서 편지를 쓰게 됐어요. 이번 수업 때 글을 쓰면서 생각도 많이 하게 되고, 정리가 되지 않았던 것들을 정리하면서 너무 좋았던 것 같아요. 애들도 자기 얘기를 꺼내면서 재밌어 하고요. 이번 에세이는 소설이라 그런지 애들이 좀 더 감성적으로 다가간 것 같아요. 룸메이트, 다른 반 친구, 우리 반 친구들끼리도 마음속에 있던 얘기를 꺼내고, 그 얘기를 들으면서 사람의 다양함을 느낀 것 같아요. 상대방에게 더 많이 관심을 갖게 되고, 더 잘 알게 되고. 특히 유나나 민지는 소문이나 색안경으로 힘든 일이 있었는데, 친구의 글을 보면서 슬픔을 공감해주고 더 잘 이해하게 되어서 기뻤어요. 글을 쓰는 과정에서 애들이랑 나눈 대화, 생각들이 너무 좋았어요.

원래 저는 제 생각이나 감정이 다른 사람에게 알려지는 걸 겁내서 일기도 잘 못 썼는데 이번 에세이를 쓰면서 글로 표현하기만 해도 시원해지는 느낌을 받았어요. 그래서 저번 독서 멘토링에서 '나만 보는 일기가 글이 될 수 있을까?'라는 질문을 하게 된 것 같아요. 아직 저는 제 글을 남에게 보여주는 게 익숙하지 않고, 그러고 싶지도 않지만 이 수업이 나를 알리고 표현하는 걸 겁내지 않고 도전하게 되는 계기가 될 것 같아요. 아직은 그게 옳은지, 그러고 싶은지 모르겠지만요.

이번 수업을 통해서 특별한 경험을 얻게 되어 감사해요. 글을 쓰는 수업 중에 가장 재밌었던 것 같아요. 열심히 수업 준비하시고, 힘드실 텐데도 전교생의 글을 매번 진지하게 읽어주시고 코멘트까지 해주셔서 감사해요. 이번 학기가 마지막 수업일 수도 있어서 많이 슬퍼요. 선생님 덕분에 정혜윤 작가님도 만나고, 싫어하던 책을 좋아하게 되고, 생각을 넓고 깊게 하게 돼서 감사하다는 말씀을 꼭 하고 싶었어요. 에세이 제출할 때 메일에 쓴 내용인데 편지가 나을 것 같아서 이렇게 드려요.

가장 기억에 남는 수업, 합평

지환

2017년 2학기, 기말고사 전까지 총 스물세 번의 수업시간을 가진 우리에게는 수업 하나하나가 글쓰기에 관한 성장이었다. 비단 글쓰기뿐만 아니라 생각의 폭을 넓혀주는 중요한 시간이었다. 그중 나에게 가장 중요하고, 내가 정신적으로 큰 성장을 할 수 있게 한 수업은 두 번에 걸쳐 친구들의 이야기를 들을 수 있었던 합평 시간이었다.

먼저 우리가 교실에 들어왔을 때, 원형으로 배열된 책상은 지금도 생각해보면 파격적인 변화였다. 모두 원형으로 배열된 책상에 앉고 난 후, 하고운 선생님도 이 원형 책상 남은 한 켠의 자리에 앉아 모두를 동일한 시점에서 바라보며 합동 평가 수업에 관한 이야기를 하셨다. 설명이 끝난 후, 우리는 선생님께서 나눠주시는 글을 받았다.

우리가 가장 먼저 읽었던 글은 재이의 글이었다. 상당히 강한 인상을 주는 제목이었다. '나는 감정조절 못 하는 사람입니다' 적잖이 놀랐다. 이 글의 내용이 과연 어떨지, 그리고 도대체 무슨 일이 있었던 건지. 글을 읽어나가며 나는 매우 밝고 활발한 모습으로 지내는 한 명의 친구가 드러내지 못했던 속마음과 그의 관계에 대한 관점 변화를 지극히 인간적인 관점으로 다시 바라보게 되었다. 사실 이 글이 너무 강렬한 내용을 담고 있었기 때문에 나는 이 글이 어떤 점에서 부족한지 미처 생각하지 못했고, 그럼에도 불구하고 글을 어떤 점에서 수정해나가면 좋을지 피드백을 제공해준 아이들이 매우 대단하다는 생각이 잠시 들었다.

재이의 글을 읽고 우리는 유민의 글을 읽었다. 지극히 주관적인 시점으로 유민의 글을 바라보았을 때, 그의 글은 자신이 무엇을 얘기하고 싶은지에 관한 주된 내용이 명확히 드러나지 않았다. 그가 말하고 싶어 했던 것은 그가 속해 있던 카페에서의 활동과 취미, 그리고 그 끝에 관한 이야기였을 것으로 추측되었다. 그럼에도 불구하고 여전히 그의 글은 껍데기로만 둘러싸여 있고 알맹이가 없는 양파와 같이 자신이 글을 통해 이야기하고자 하는 것을 숨기는 듯한 아이러니한 태도를 보여주었다.

수업의 마지막은 오정의 글이었다. 오정의 글은 처음부터 끝까지 매우 톡톡 튀는 팝핑 캔디를 연상케 했다. 시험에도 그의 글이 인용되었을 정도면 선생님께서 얼마나 그의 글에 강한 인상을 받았는지 짐작할 수 있었다. 다만, 그와 그의 누나 간의 관계가 '이단옆차기' 사건과 직접적인 관련이 있을 것이라는 생각이 들지는 않는다. 선생님의 해석대로, 이 사건 때문에 그와 누나의 관계가 소원해진 것은 아닐 것 같다는 의미이다.

합평 수업을 하면서 가장 좋았던 점은 단순히 작가가 쓴 수필이나 글을 읽고 그에 대한 해석을 하는 것이 아니라, 우리가 직접 우리의 이야기를 쓰고 그 이야기들의 일부분을 볼 수 있던 것이었다. 사실, 내가 이 수업에서 받았던 가장 강한 인상은 장황한 문장과 오타, 그리고 적합하지 않은 표현 등이 아니라 친구들이 지금까지 살아오며 겪어온 여러 경험들을 간접적으로나마 엿볼 수 있다는 점이었다. 나 자신이 살아가는 과정에서 겪은 여러 경험들을 바탕으로 형성된 하나의 자아가 글이라는 매개체를 통해 다른 친구들의 다른 경험을 통한 다른 자아와 조우하는 것은 지금 생각해봐도 상당히 강렬하고 다채로운 경험이라는 생각이 든다. 이는 나에게 가장 기억에 남는 국어 수업이 합평 시간일 수밖에 없는 이유다.

우리를 돌아보게 한 〈우리들〉

아이들과 2학기에 라디오 드라마를 만들기로 했는데, 〈한지와 영주〉를 읽고 나서 어떻게 시작을 해야 할지 조금 막막했다. 수업 고민을 하면서 글을 쓰고 합평 수업을 진행하다 보니 시험기간이 성큼 다가왔다. 시험기간을 앞두고 새로운 프로젝트에 들어가는 것은 나나 아이들이나 서로에게 난감한 일이라, 영화 수업을 조금 당겨서 하고 라디오 드라마는 시험 직후에 시작하면 되겠다 싶었다. 그렇다면 라디오 드라마를 만드는 데 도움이 되는 영화여야 했다. 영상언어에서 시각은 차치하고서라도 대사와 효과음, 배경음악, 그리고 목소리의 톤이 잘 살아 있는 우리 주변의 이야기를 담은 영화, 그게 〈우리들〉이었다.

예전엔 미처 몰랐는데 국어과 교실은 영화를 보기에 최적의 환경이었다. 조용한 본관 4층에 자리 잡고 있고, 큰 스피커가 두 개 있어서 음향도 괜찮은 편이다. 큰 테이블 여섯 개를 교실 가장자리에 밀어놓고 의자 스물한 개만 교실 한가운데에 배치했더니 꽤 그럴싸한 영화관이 완성되었다. 미리 블라인드를 내려놓고 암실을 만들어 일주일째 영화관 흉내를 내며 아이들을 맞았다. 아이들은 국어과 교실에 들어오면서 '우아' 소리를 내더니 이내 저마다 마음에 드는 자리에 앉아 영화가 시작되기를 기다렸다.

이 수업을 하면서 나는 영화 〈우리들〉을 일곱 번 보았는데, 한 영화를 여러 번 반복해서 관람하니 볼 때마다 새로운 것들이 눈에 들어왔다. 주변 인물의 표정, 들리지 않았던 대사, 처음 볼 땐 놓쳤던 소소한 유머 같은 것들. 다시 보아도 여전히 가슴 떨리고 안타까운 장면들도 있었다. 더욱 신기한 것은 아이들의 반응이었는데 아무 소리도 내지 않고 조용히 영화에만 집중하는 반이 있는가 하면, 등장인물들의 표정과 몸짓 하나하나에 반응하며 깔깔거리고 웃고 떠드는 반이 있었다. 나는 그것도 그만의 매력이 있어 조용히 시키지 않고 가만히 두었다. 어쨌든 영화에 집중하고 있으니까.

조용히 영화를 보고 뒷문으로 나가던 윤찬이가 슬며시 등을 돌려 내게 말한다.

“쌤, 이번 영화 진짜 잘 고르신 것 같아요. 되게 잘 만들어진 영화 같아요. 디테일이 쩔어요.”

그 순간의 안도감과 행복감이란…. 아이들의 별것 아닌 반응이 교사를 살게 만든다. 다행히 아이들은 영화에 매우 만족했고, 모두들 자신이 지나온 초등학생 시절을 곱씹는 듯했다. ‘맞아, 저런 애 꼭 있지. 나도 저랬는데. 저러지 말아야지….’

이 영화는 거칠게 분류한다면 학교폭력 영화로도 볼 수 있어서 좋은 학습자료가 되기도 하지만 굳이 여기에서 이 사건이 일어난 것이 누구의 잘못인가, 어디서부터 잘못된 건가, 같은 이야기는 하고 싶지 않았다. 그래서 아래의 질문들을 모아 간단한 학습지를 만들었다.

- 영화를 보면서 가장 인상적인 장면을 고르고, 그 이유를 서술하시오.
- 이 영화에서 가장 중요하다고 생각되는 장면을 고르고, 그 이유를 서술하시오.
- 이 영화에서 나온 대사들 중 가장 기억에 남는 대사를 쓰고, 그 이유를 서술하시오.
- 영화에 나온 효과음이나 배경음악 중 기억에 남는 것은

무엇인지 쓰고, 그것이 어떤 효과를 유발하는지 서술하시오.

- 영화에 나온 소재인 김밥, 바다, 봉숭아물, 팔찌, 윤이, 소주, 피구, 학원 중 두 개를 골라 소재의 일차적, 이차적 의미를 각각 서술하시오.
- 이 영화의 제목은 〈우리들〉이다. '우리'의 단어 뜻을 고려하여 제목의 의미를 추론하시오.
- 영화는 피구 장면으로 시작해 피구 장면으로 끝난다. 마지막 장면의 의미를 추론하시오.

"쌤, 이거 답이 있어요?"

서술형 문제처럼 생긴 퀴즈에 당황한 한 학생이 물었다.

"답이 있을 수도 있고, 없을 수도 있어. 근데 네가 답을 만들어줘. 학습지 아래에 쓰여 있잖아. 해석은 작품을 '까는' 게 아니라 작품을 '낳는' 거라고."

신형철의《정확한 사랑의 실험》의 서문에 나온 문장 "해석은 작품을 다시 쓰는 일이다. 해석은 작품을 '까는' 게 아니라 '낳는' 일이다"를 학습지의 꼬리말에 써두었다. 아이들이 이 영화를 자기만의 눈으로 새롭게 낳아주길 바랐다.

학습지를 나누어주고, 제시된 일곱 문제 중 마음에 드는 다섯 문제를 골라 노트에 자기만의 해석을 써보라고 했다. 한 시간에 다섯 문제 정도면 금방 쓸 수 있을 거라고 생각했는데 생각보다 시간이 오래 걸렸다. 모두가 아무렇게나 대충 쓰지 않고 각 문제에 대해 오랫동안 고민했기 때문이었다. 쉬는 시간까지 열심히 글을 써서 내는 아이들을 보며 그 이유가 뭘까 생각했다. 그건 영화 〈우리들〉이 가지고 있는 생생한 힘 덕분이었다. 영화를 보면서 자신의 옛 시절을 돌이켜보는 아이들, 지금의 자신을 새롭게 바라보게 된 아이들이 꽤 있었다. 그리고… 나도 그랬다.

〈우리들〉의 영어제목은 'The world of us'이다. 나 역시 초등학생이던 시절이 있었다. 열두 살의 나는 친구 관계에 얼마나 목을 매었던가. 단짝 친구가 있어야 한다는 강박, 한 친구와 친해지기 위해서 다른 친구를 멀리해야 했던 날들, 겉으로 친한 친구와 진짜 친한 친구는 따로 존재했던 시절. 그리고 그땐 그게 다였다.

세상의 전부가 바로 친구였다. 매일 함께 등하교할 수 있는 친구, 남자친구 이야기를 할 수 있는 친구, 같이 선생님 욕을 할 수 있는 친구, 같은 연예인을 쫓아다닐 수 있는 친구. 어린이도 어린이만의 세계가 있고, 어린이 또한 상처받지 않으려고 무수히 많은 고민과 갈등을 한다는 당연한 사실을 꽤 오랜

만에 알았다. 이런 영화를 만들어준 윤가은 감독에게 정말 고맙다.

라디오 드라마

2017년 여름, 수원에서 열린 물꼬방* 독서교육 연수에 갔다가 우연히 대학 후배 J를 만나 이야기를 나눴다. J는 요즘 '라디오 드라마'라는 새로운 수업을 하고 있는데, 무척 재미있다고 했다. 라디오 드라마라고?

국어과에서 의미는 있지만 가장 시도하기 어려운 수업이 바로 연극이다. 연극은 문학의 가장 초기 형태로 시나 소설과는 전혀 다른 예술 양식을 보여준다. 서정, 서사, 극이 문학의

* 전국국어교사모임 독서교육분과. 독서교육에 뜻이 있는 선생님들이 계절마다 모여 수업사례를 나누고 연구한다. 수업시간에 책 읽기, 책 대화하기, 질문으로 깊이 읽기 등의 수업 사례 모두 물꼬방을 통해 배우고 실천한 것이다.

세 가지 갈래로 불리는 만큼 국어과에서 연극은 중요한 문학 장르다. 특히 학교 현장에서 아이들이 연극 활동을 하는 것은 큰 교육적 가치를 지니는데, 혼자서는 해낼 수 없는 공동 창작과 협연의 과정을 거쳐야 하기 때문이다. 이 때문에 대안학교에서는 교육과정에 필수적으로 연극을 넣는 경우가 많고, 새 교육과정에서도 연극을 정식 교과목으로 채택하고 있다.

그러나 실상 학교에서 연극 활동이 이루어지는 일은 쉽지 않다. 이전 학교에서 짝꿍 선생님(같은 학년, 같은 교과 수업에 들어가는 선생님)의 제안으로 희곡 〈원고지〉를 실제 공연하는 활동을 수행평가로 진행한 적이 있다. 극을 크게 다섯 부분으로 나누고, 다섯 모둠이 한 부분씩 맡아서 공연을 하는 것이었다. 아이들이 실제로 대사를 읽고 몸으로 연기를 하고, 또 그것을 관람하는 일은 매우 재미있었으나 즐거움만큼이나 난감함도 컸다. 교실이라는 공간 안에서 아이들은 굉장히 경직되어 있었다. 신체를 자유롭게 쓸 줄 모르기 때문에 연극 수업을 하려면 몸을 푸는 작업부터 시작해야 하는데, 당장 교사부터 그게 쉽지가 않았다. 또 다른 어려움은 대사를 암기해야 하는 부담이었다. 대사를 외우는 데 급급하다 보니 실제 연기는 더 어색해지고 말았다. 그 후, 나는 연극 수업을 다시 시도해보지 못했다.

그런 내게 '라디오 드라마'라는 형식은 굉장히 매력적으로 다가왔다. 연극 수업의 가장 큰 부담 두 가지가 해결되었기 때문이다. 신체를 쓰지 않아도 되고, 대사를 외울 필요가 없다. 그러면서도 이야기를 창작하고 협동해서 하나의 완성품을 만들어나갈 수 있다니. '와 이거 할 만하다!' 바로 그런 생각이 들었다. 그리고 이 수업을 위해서는 '화법과 작문' 과목이 제격이었다. 대본을 쓰는 활동(작문), 말로 표현하는 활동(화법)이 '라디오 드라마' 안에서 통합되어 이루어질 수 있을 것 같았다. 처음 이 수업을 기획했다는 대학 동기 H에게 전화를 걸어 수업 사례를 물어보고, 상세히 수업 계획을 만들어나갔다.

아이들 대부분은 모둠 활동을 싫어한다. 모둠 구성이 어떻게 되느냐에 따라 과제물의 수준이 천차만별이 되기도 하고, 혼자서 애를 쓴다고 해서 그 결과물이 제대로 나오는 것도 아니기 때문이다. 그렇다 보니 그냥 혼자 할 수 있는 과제를 선호한다. 하지만 살아가면서 나 혼자 잘한다고 되는 일이 어디 있던가.

수행평가 계획을 짤 때 보통 개인별 과제와 모둠별 과제를 50대 50의 비율로 둔다. 개인별 과제는 주로 독서일지와 글쓰기, 모둠별 과제는 프로젝트 과제로 제시한다. 1학년 1학기의 시 영상 만들기, 1학년 2학기의 책 대화하기, 2학년 2학기의 라디오 드라마가 모둠별 프로젝트였다. 예전에 어느 교육학 책에서 그런 문장을 보았다. 우리가 함께 교실에 있는 이유는 서로에게서 배우기 위해서라고. 교사와 학생 사이의 배움도 중요하지만, 학생과 학생 사이의 배움도 중요하다고. 모둠별 프로젝트 수업은 학생 부담이 크고, 또 평가도 쉽지 않다는 어려움이 있지만, 서로 돕고 배우면서 얻게 되는 긍정적인 효과가 훨씬 크다고 생각한다.

모둠 구성도 마찬가지다. 나는 주로 제비뽑기로 네 명씩 묶어 결정한다. 제비뽑기로 모둠을 정하는 것이 위험하다고 생각해서 반대를 표하는 선생님들도 많다. 그러나 인생이란 원래 대부분 랜덤으로 결정되지 않나. 학교도, 스승도, 상사도, 부모도, 내가 스스로 선택할 수 있는 권한은 거의 없다. 운명이거니 받아들이고 이미 정해진 운명을 잘 운용하는 것이 더 중요하다. 그래서 아이들이 제비를 뽑는 순간 "너흰 이제부터 운명공동체야! 지금부터 마음을 합치면 잘 해낼 수 있어!" 하고 격려한다. 그렇게 라디오 드라마 만들기 프로젝트가 시작되었고, 수행평가를 안내하는 첫 시간에 동물원의 〈시청 앞 지하철역에서〉를 같이 들었다.

가수 이적의 소극장 콘서트를 보러 간 적이 있다. 나는 콘서트에도 기승전결이 있다는 것을 그때 처음 알았다. 이적은 라디오에서 처음 들국화의 〈그것만이 내 세상〉을 듣고서 세계가 달라지는 경험을 했고, 성인이 된 후에 무작정 광화문의 '카페 전인권'을 찾아가 그를 만났다고 했다. 훗날 〈걱정 말아요 그대〉를 불렀을 때, 전인권에게서 '잘했다'는 말을 듣고 비로소 안도했다는 이적. 콘서트를 보러 간 것인데 그의 이야기를 들으며 한 사람의 인생을 만난 듯한 느낌을 받았다. 그만큼 이적의 소극장 콘서트가 주는 울림은 대단했다. 콘서트를 기획하게 된 이야기부터 김동률과 카니발을 결성했던 시절의 이야기, 1952년에 미국에서 태어난 기타와 맺은 인연, 그리고 그가 동물원의 〈시청 앞 지하철역에서〉를 편곡한 이야기.

시청 앞 지하철역에서 너를 다시 만났었지
신문을 사려 돌아섰을 때 너의 모습을 보았지
발 디딜 틈 없는 그곳에서 너의 이름을 부를 땐
넌 놀란 모습으로 음음음

너에게 다가가려 할 때에 난 누군가의 발을 밟았기에
커다란 웃음으로 미안하다 말해야 했었지

살아가는 얘기 변한 이야기 지루했던 날씨 이야기
밀려오는 추억으로 우린 쉽게 지쳐갔지

그렇듯 더디던 시간이 우리를 스쳐 지난 지금
너는 두 아이의 엄마라며 엷은 미소를 지었지
나의 생활을 물었을 때 나는 허탈한 어깨짓으로
어딘가 있을 무언가를 아직 찾고 있다 했지

언젠가 우리 다시 만나는 날엔
빛나는 열매를 보여준다 했지
우리의 영혼에 깊이 새겨진
그날의 노래는 우리 귀에 아직 아련한데

가끔씩 너를 생각한다고 들려주고 싶었지만
짧은 인사만을 남겨둔 채 너는 내려야 했었지
바삐 움직이는 사람들 속에 너의 모습이 사라질 때
오래전 그날처럼 내 마음엔

- 동물원, 〈시청 앞 지하철역에서〉

기타 하나로 반주를 하는 이적의 〈시청 앞 지하철역에서〉

를 듣는데, 감성을 주체하지 못하고 눈물을 흘렸다. 그날 들었던 모든 노래가 다 좋았지만 이 노래가 특히 좋았다. 처음 듣는 노래였는데 마음이 너무 아팠다. 가끔 네 생각이 났다고 말하고 싶었지만 끝내 말하지 못한 채, 멀어져가는 옛사랑의 뒷모습을 바라보는 한 사람. 그리고 시청 앞 사람들이 오가는 풍경이 마구 겹쳐졌다.

그래, 노래는 우리를 마음껏 상상하게 하지. 노래로부터 촉발되는 상상을 라디오 드라마로 만들어보면 어떨까? 노래가 시작되었다가 멈추고 이야기가 시작된다. 그리고 또 어느 순간 다시 노래가, 다시 이야기가…. 한 곡의 노래나 음악을 정하고, 그 음악 속에 숨어 있는 비하인드 스토리를 상상하면 좀 더 완결되고 일관성 있는 드라마가 탄생할 수 있을 것 같았다.

동물원의 〈시청 앞 지하철역에서〉를 듣고, 아이들에게 조심스레 "어때?" 하고 물어보았다. 나는 이 노래를 들으면 어떤 이야기가 떠오른다고, 그걸 채워보고 싶다고. 아이들에게도 각자 노래를 한 편 정하고, 그에 어울리는 시놉시스를 짜보라고 했다. 그냥 이야기를 만들라고 하면 너무 어려울 것 같아 노래로 좁혀준 것인데, 아이들은 도리어 노래와 이야기를 엮는 것을 더 어려워했던 것 같기도 하다. 첫 수업 때는 멍하니 앉아 생각만 하던 아이들이 일주일이 지난 후에는 각자 개인 시놉시스를 하나씩 만들어왔고, 모둠원들과 머리를 맞대고 시놉시스를 바꾸어 읽기 시작했다.

첫사랑 이야기나 친구와의 갈등 이야기가 대부분이었지만, 몇 개의 튀는 시놉시스가 아이들의 눈을 크게 틔워주었다. 이야기를 하나로 모으다 보니 생각보다 다양한 주제들로 드라마가 쏟아져 나왔고, 아이들은 자기들이 함께 만든 이야기에 점차 애착을 갖고 준비하기 시작했다. 원래는 완성된 대본을 리딩하고, 중간에 효과음과 배경음악을 재생하는 것으로 발표회를 하려고 했는데, 미리 완성된 녹음 파일을 만들고 싶어 하는 모둠이 많다 보니 발표 형식이 더욱 다채로워졌다.

두근두근.

드디어 3주가 지나고 라디오 드라마 감상회 주간. 미리 건네받은 음성파일을 저장해두고, 파워포인트 슬라이드에 작품 제목과 등장인물의 이름을 차례로 썼다. 가위바위보로 모둠별 진행 순서를 정한 후, 모두가 청각에만 집중할 수 있도록 교실의 불을 껐다. 라디오 드라마 음성파일을 재생한 뒤, 우리 모두는 귀를 쫑긋 세우고 눈을 감는다.

소리로만 이루어진 세상.

아이들은 첫사랑의 환희와 좌절, 친구들 사이에서의 미묘한 감정, 그리고 엄마와의 갈등을 그 세상에 담아냈다. 철거촌 문제로 자살한 가족의 이야기와 택배 기사에 대한 불합리한 대우 문제도 라디오 드라마의 중요한 소재가 되었다.

라디오 드라마를 들으며 우리는 깔깔 웃었다가, 숙연해졌다가, 또 눈물을 보이기도 했다. 허를 찌르는 반전으로 박수갈채를 받은 2반의 〈음성녹음 #000〉, 사회적인 문제의식이 돋보였던 5반의 〈택배기사〉, 효과음을 탁월하게 잘 활용한 6반의 〈차가운 벽〉, 발군의 연기력과 높은 완성도를 보여준 1반의 〈접어둔 꿈〉, 그리고 동성 친구에게서 애정을 느낀 후 조금씩 자기를 찾아가기 시작한 7반의 〈오래 보는 사이, 우리〉까지… 아이들의 목소리를 들으며 나는 자주 뭉클해졌다.

매번 조용히 수업에 집중하던 모범생 H의 꿈이 사실은 영화감독이라는 것을 그때 알았다. 그래서 이 과제를 무척 열심히 했다고. 라디오 드라마를 하지 않았다면 몰랐을 사실이다. 수행평가 점수 공지를 하면서, 한 팀 한 팀 공들여 리뷰를 썼다. 그러고 보니 이 아이들을 만난 지 벌써 2년이 되어가고 있었다.

표현의 방법

라디오 드라마 만들기 수업 기록

예림

지난 몇 주간 나의 빈틈을 채워주었던 라디오 드라마가 비로소 끝을 맺었다. 오늘은 각 조에서 제작한 라디오 드라마를 발표하는 날이었다. 그새 이야기에 정이 들어서, 끝이 난다고 하니 아쉬운 마음이 앞섰다. 생각해보면 학원을 오가는 차 안에서 시놉시스를 구상하고 집에 늦게 도착해 밤을 새워가며 극본을 쓰는 동안, 입에서는 자꾸만 우는 소리가 나왔지만 마음은 그 언제보다 들떠 있었던 것 같다. 그만큼 나는 라디오 드라마에 애착이 컸다.

우리 조의 발표순서는 마지막이었기 때문에 먼저 다른 조의 라디오 드라마를 들었다. 매번 옆에서 듣던 목소리가 녹음

되어 나오니 어색한 느낌에 괜히 웃음이 나왔다. 라디오 드라마는 각 조의 개성이 돋보였는데 특히 성우네 조에서 시대적 배경을 일제강점기로 하고, 대사도 방언을 사용한 것이 아주 참신했다. 민주네 조는 이야기가 시원하게 전개되어서 이해하기 쉬웠고, 원희네 조는 후영이의 연기력이 돋보였다. 또 유정이네 조는 자신의 과거 이야기를 다른 친구에게 들려주는 구성이 현재와 과거를 자연스럽게 이어주어서 좋았다.

순서는 금방 다가왔다. 우리 조 라디오 드라마를 발표하는 내내 머릿속에서 드는 생각은 하나였다. '가볍게 생각하면 어떡하지?' 일단 주제가 사회적으로 이슈가 되는 동성애이다 보니 대사 하나를 치더라도 예민할 수밖에 없었다. 그만큼 심사숙고해서 대본을 썼고, 혹여나 논란의 여지가 생길 수 있는 부분들은 생략했다. 무엇보다 동성애를 여느 사랑과 같게 표현하면서도 사회적인 인식 때문에 쉽게 드러낼 수 없는 현실을 반영하고자 노력했다. 그래서 더욱 반 아이들도 우리가 라디오 드라마에서 표현하고자 한 감정선을 따라가며 진지하게 들어줬으면 좋겠다는 바람이 컸다. 초반에는 단순히 동성애라는 소재에 장난치던 아이들도 후반으로 갈수록 집중해주는 모습을 보여주어서 고마웠다.

라디오 드라마 발표를 하면서 한 가지 깨달은 것이 있다.

나는 어떤 글을 쓰더라도 문장을 예쁘게 다듬는 것에 치중하는 경향이 있다. 표현이 예쁘거나, 의미를 알 듯 말 듯하면서도 감정은 다가오는 문장을 좋아한다. 라디오 드라마 대사 중에 "그래서 나는 네가 쓰렸다"라는 문장이 있었다. "상처가 쓰리다"라는 문장에서 주어를 '너'로 바꾸어 먹먹함을 나타내려고 했던 문장이다. 그런데 아이들이 이 대사를 듣고도 이해하지 못하고 넘어가는 것이 보였다. "네가 쓰렸다"라는 문장이 생소하다 보니 이야기 문맥에 맞지 않게 '네가 싫었다'로 듣고 당황하는 것 같았다. 라디오 드라마는 즉각적인 이해가 필수적인 콘텐츠다. 무조건 예쁘게 다듬어진 문장보다 상황에 맞게 직설적인 문장과 표현을 사용하는 융통성이 필요하다고 생각했다. 그래도 마지막까지 집중해준 아이들 덕분에 발표를 잘 마칠 수 있었다.

처음 라디오 드라마라는 과제가 닥쳤을 때는 너무 막막했다. 10분이라는 짧은 분량 안에 기승전결이 드러나야 했고 그러면서도 참신하고 지루하지 않은 소재가 필요했다. 또 이야기를 구상했다고 하더라도 소리만으로 상황을 완벽하게 구상시켜주고, 대사와 호흡에서 감정을 표현할 수 있는 극본을 쓰는 일은 만만치 않았다. 그러나 노력한 만큼 얻어지는 기쁨도 컸다. 극본을 완성했을 때, 녹음을 마쳤을 때, 어울리는 배경음악을 찾았을 때, 편집을 마쳤을 때, 매 순간 행복했다. 조원 친구들과 힘을 합쳐 라디오 드라마를 제작하는 과정이 정말 행복했기 때문에 진로를 기획 분야와 연관 지어볼 수도 있었다고 생각한다.

라디오 드라마뿐만이 아니라 어느 순간부터 국어 과제를 할 때마다 나는 즐거웠던 것 같다. 쓰고 다듬기를 반복하여 완성된 문장 하나에도 애정이 가고 이를 떠올리면 미소가 지어지곤 한다. 2년 동안의 국어 수업을 통해 나는 글을 정말로 좋아하게 되었다. 하고 싶은 말은 늘 많았고, 이를 표현하는 것은 매번 어려웠다. 내가 하고 싶었던 말은 입을 떠나 상대방에게 서투르게 전달되기 일쑤였다. 그렇기에 글에 '나'를 담아내는 것이 아주 매력적으로 느껴졌다.

선생님께서는 아실까. 1년 전, 국어 과제가 너무 많다며 불평을 늘어놓던 아이들이 매일 밤 두 눈을 반짝이며 어떻게 하면 더 좋은 글이 될까 고민했다는 사실을. 수학, 과학을 공부하기에도 벅차 무겁게 느껴졌던 과제는 흘러가는 일상 속에 스며들어 '나'에 대해 고민하고 '서로'에 대해 알아가는 매개체가 되었다. 잠시 뒤를 돌아보니, 모두가 글을 통해 성장하고 있었다.

“This is one of the reasons we are strong”

언젠가부터 좋은 영화를 볼 때마다 아이들 생각이 났다.

처음으로 아이들과 같이 보면 좋겠다고 생각했던 영화는 〈위플래쉬〉였다. 우연한 기회에 이 영화를 개봉 전에 보게 되었는데, 영화가 끝난 후 관람객 전원이 일어나서 기립박수를 쳤다. 물론 나도 그중 하나였다. 영화를 보는 내내 나는 이 영화에 빠져들었고, 영화가 끝나고 나서는 문제적 인물인 플레처 교수를 계속 생각했다. 그리고 나를 돌아보게 됐다. 나는 어떤 교사인가, 나는 좋은 교사인가, 내가 원하는 교사는 어떤 교사인가, 혹은 아이들은 어떤 교사를 원하는가.

2015년 1학기 기말고사가 끝나고 학기 말에 뭘 하면 좋을까 고민하다가 과학고 1학년 학생들과 이 영화를 같이 보았다. 열일곱 살 아이들에게도 이 영화가 주는 흡입력은 대단했나 보다. 영화가 끝나는 순간 아이들은 양손으로 머리를 쥐고 "으아!" 소리를 지르며 '동공 지진' 상태로 서로를 쳐다보았다. "쌤, 이게 대체 뭐예요!" "왜 이렇게 끝나요!"라며 내게 열린 결말의 해석을 요구했지만, 나는 시크하게 웃으며 "각자 생각해봐"라는 말을 남기고 유유히 교실을 빠져나왔다. 아이들 앞에선 아무렇지 않은 척했지만 교무실로 돌아오는 내내 아주 기뻤다.

여름방학식을 며칠 앞둔 어느 날에 평소 나와 크게 교류가 없던 한 남학생이 복도에서 나를 붙잡고 갑자기 영화 이야기를 하기 시작했다.

"쌤, 제가 이 영화를 집에 가서 두 번을 다시 돌려봤는데요. 아무래도 이 영화에서 '색'이 되게 중요한 요소로 작용하는 것 같아요. 앤드루가 처음에는 흰색 옷을 입는데 나중에는 검은색 옷을 입거든요, 그게…."

새로운 경험이었다. 어떤 감동적인 글을 같이 읽어도 내게 따로 와서 수업이나 글에 대해 이야기하는 학생은 극히 드물었다. 그런데 따로 수업을 한 것도 아니고, 시험에 들어가지도 않는, 학기 말에 두 시간에 걸쳐 보았던 영화에 대해서 아이들은 쉴 새 없이 이야기했다. 토론을 하고 싶어 했고, 수업을 하고 싶어 했다. 선생님의 해석에 대해 궁금해했다. 그때 느꼈다, 영화가 주는 힘을.

그 후 언제 영화로 수업을 꾸려갈 수 있을지 호시탐탐 기회를 노렸고, 2017년 2학기에 '화법과 작문' 수업을 전담하게 되었다. 비로소 영화 수업을 향한 나의 열망이 빛을 발하게 된 것이다. 마침 작년에 실시한 설문조사에서 '내년에 하고 싶은 수업은?'이라는 질문에 영화 수업이 압도적으로 높은 득표를 한 것이 든든한 지원군이 되어주었다.

수업을 계획할 때 항상 어떤 흐름을 생각한다. 1학기는 좀 더 부드럽게, 2학기는 좀 더 세게. 마치 크레셴도 느낌으로. 한 학기 내에서도 마찬가지다. 중간고사 이전에는 조금 가벼운 작품으로 시작하고 학기가 중반이 넘어간 후부터는 무겁고 치열한 작품을 택해 수업하는 것을 좋아한다. 음악에도 강약이 있듯이 작품의 배열과 강도가 수업할 때 중요한 영향을 미치기 때문에 이를 잘 조절하는 것이 중요하다. 중간고사 이전에 〈우리들〉로 마음을 풀어주었으니 이제 좀 더 뜨거운 영화를 볼 차례다. 바로 시드니 루멧 감독의 〈12인의 성난 사람들〉(1957).

실은 영화 수업을 염두에 두었을 때, 가장 먼저 떠오른 작품이 바로 〈12인의 성난 사람들〉이었다. 토론 영화의 고전으로 많은 선생님들이 이 영화를 토론 수업에 활용한다고 들었는데, 직접 보고 나니 명불허전이었다. 배우들의 열연은 두말할 것 없고 열두 명의 캐릭터가 아주 잘 구축되어 있었다. 사소해 보이는 몸짓이나 표정, 목소리까지 인물의 성격을 드러내는 중요한 단서로 작용한다. 고정된 공간 속에서 열두 시간 동안 일어나는 일을 다루고 있어서 현장감이 생생하고, 고전적인 방식의 클로즈업이나 카메라의 위치 같은 것들이 영화의 내용과 딱 맞아떨어진다. 훌륭한 논리학 교재이자 민주시민의 태도를 배울 수 있는 좋은 교과서라는 생각이 들었다. 국어 수업뿐만 아니라 사회 수업에서도 유용하게 활용할 수 있을 것 같은 무궁무진한 텍스트였다.

처음에는 이 오래된 흑백영화가 아이들에게 가 닿을 수 있을까 걱정을 많이 했는데, 걱정이 무색하게도 이 영화는 흡입력이 대단했다. 처음에는 상황 파악을 조금 어려워했던 아이들도 시간이 지나면서 영화 속으로 완전히 빠져들어갔다. 교실 전체에 긴장감이 감돈다. 영화의 후끈한 열기가 그대로 교실에까지 이어진다. 영화의 배경이 여름이기 때문일까, 겨울인데도 교실에 후덥지근한 느낌이 감돈다.

두 시간에 걸쳐 영화를 보고, 세 번째 시간부터는 토론 수업을 이어갔다. 수업이 시작되기 전, 미리 국어과 교실의 자리 배치를 바꿔놓았다. 길게 책상을 붙여서 스무 명이 미음자(ㅁ)로 둘러앉도록 해서 영화 속 배심원들의 토론 장면을 그대로 재현하게 했다. 영화에서 열두 명의 성난 사람들이 한 테이블에 ㅁ자로 둘러앉아 대화와 토론으로 유죄와 무죄를 가렸던 것처럼, 아이들도 20인의 성난 사람들이 되어 학습지에 제시된 구술평가 문항들을 대화와 토론으로 풀어가게 했다.

- 영화에 등장하는 열두 명 배심원들의 특징이 잘 드러나도록 이름 혹은 별명을 붙여보시오.
- 이 영화에서 가장 중요한 장면을 고르고, 그 이유를 말하시오.
- 영화를 보면서 가장 인상적이었던 대사를 하나 고르고, 그 이유를 말하시오.
- 열두 명의 배심원 중 가장 올바른 태도를 보인 인물은 누구라고 생각하는지 근거를 들어 말하시오.
- 열두 명의 배심원 중 가장 나쁜 태도를 보인 인물은 누구라고 생각하는지 근거를 들어 말하시오.
- "우리는 이 아이에 대한 평결로 어떤 이익이나 손해를 받지 않아요. 그래서 우리가 강한 겁니다."(11번 배심원의

대사) - 이 발언이 무슨 뜻인지 풀어서 설명하시오.

- 8번, 9번 배심원의 이름(데이비스, 맥카들)이 왜 마지막에 등장했는지 감독의 의도를 추론하시오.
- 찌는 듯한 더위, 갑작스러운 폭우가 영화에 어떠한 영향을 미치는지 설명하시오.
- 사소하지만 영화의 디테일이 살아나는 부분을 찾아 나름대로 해석해보시오.(클로즈업 등 화면 제시 방식, 인물의 외양, 옷차림, 직업, 배경음악, 판사나 소년의 모습 제시 등)

"얘들아. 다다음 시간에 우리는 구술평가를 볼 거야. 여기는 대기실이고, 이 옆 교실에서 일대일로 한 명씩 면접을 보는 거야. 여기 나와 있는 문제들 중에 두세 개 정도 물어볼 거야. 다만 이 문제들의 답을 내가 알려주지 않아. 이 문제들은 전부 너희들이 토론을 통해 알아내야 해. 그러니까 너희가 대화를 많이 하고, 의견을 많이 낼수록 문제를 맞힐 수 있는 확률이 높아지는 거야. 너희 반끼리 답안을 만들어가는 거지. 선생님은 그냥 너희가 말하는 얘기들을 칠판에 쓰기만 할 거야. 토론을 어떻게 진행할지도 너희가 정해. 영화 속에 나왔던 것처럼. 그리고 영화에서 봤던 것처럼 근거를 들어서 조리 있게 자기 생각을 말해봐."

아이들의 표정이 어리둥절하다. 선생님이 아무것도 알려주지 않는다니, 당황한 듯하지만 이제 이 아이들도 나를 잘 안다. 2년간 나에게 단련된 녀석들. 빨리 포기하고 사회자를 정하자.

이 수업의 핵심은 교사가 개입하지 않는 것. 수업 중간에 말하고 싶은 욕심을 꾹, 꾹, 꾹 누른다. 교사는 늘 말하는 존재이므로 오히려 아무 말도 하지 않는 일이 더 어렵다. 특히 아이들이 방향을 잘못 잡았을 때나 아무도 발언하지 않을 때 무너지기 십상이다. 하지만 그럼에도 말하기의 욕망을 꾹 누른다. 개입해서는 안 된다. 영화 〈12인의 성난 사람들〉에서도 결국 배심원들이 논리적으로 결론을 짓지 않았던가. 배심원장이 토론을 진행하고, 배심원들이 토론의 순서나 방식을 정했듯이 아이들이 직접 사회자를 정하고, 토론을 진행해야 한다. 교사가 개입의 여지를 전혀 보이지 않으니 아이들도 이내 교사에 대한 기대를 접고 사회자의 진행 아래 이내 수업을 꾸려나간다.

영화 〈12인의 성난 사람들〉은 배울 점이 많았다. 의심하는 태도, 정황을 단서로 삼아 논리정연하게 추론하는 방법, 편견에 사로잡히지 않는 것, 인간에 대한 예의, 그 모두가 감동적이었지만 영화 속에서 내게 가장 강렬하게 와 닿았던 대사는

11번 배심원이 했던 말이다.

I beg pardon. (···) That's not why we are here, to fight. We have a responsibility. This, I have always thought, is a remarkable thing about democracy. that we are... Uh, what is the word? Notified. That we are notified by mail to come down to this place to decide on the guilt or innocence of a man we have never heard of before. We have nothing to gain or lose by our verdict. This is one of the reasons why we are strong. We should not make it a personal thing.

주목해주시겠습니까? (···) 우린 싸우려고 여기 온 게 아닙니다. 우린 책임이 있어요. 전 항상 민주주의가 위대하다고 생각했습니다. 그리고 우린··· 뭐랄까, 통보받았소. 법정에 와서 본 적도 없는 사람의 유무죄 여부를 판단해달라는 통보 말입니다. 우리는 이 아이에 대한 평결로 어떤 이익이나 손해를 받지 않아요. 그래서 우리가 강한 겁니다. 이 평결은 사적인 것이 되어서는 안 됩니다.

처음 이 영화를 보았을 때, 나는 11번 배심원의 저 대사가 무엇을 뜻하는지 정확히 이해하지 못했다. 그런데도 이상하게 소름이 돋았다. 지금 이 대사가 영화의 공기를 바꾸고 있다는 것을 알아차릴 수 있었다. "We are strong." 우리는 강하다. 우리가 강한 이유는 우리의 결정으로 어떤 이익이나 손해를 받지 않는 데 있다. 그렇기 때문에 우리는 책임감을 갖고 결정해야 한다… 나는 지금까지 이러한 강함의 정의를 본 일이 없었다.

김한민의 《아무튼, 비건》이라는 책에는 저자가 외국에서 살다가 초등학교 때 한국으로 전학을 와서 겪은 경험이 하나 나온다. 교실에 비치된 연필깎이 위에 '내 것처럼 아끼자'라는 문구가 쓰여 있었다는 것이다. 저자는 그 문구를 보고 깜짝 놀랐다. 내 것처럼 아끼자고? 자신이 외국에서 배운 바에 따르면 '남의 것처럼 아끼자'라고 써야 맞는 말이었다. 저자는 그때의 문화충격을 이야기하며 타자라는 존재에 대해 우리가 얼마나 함부로 생각하고 대하는지를 일깨운다.

나의 결정이 타인의 삶에 중요한 영향력을 행사할 수도 있다는 사실, 우리는 그걸 중요하게 생각하지 않는다. 나와 상관이 없다는 이유로 함부로 선택하고 아무렇게나 결정해버리곤 하는 일들이 얼마나 허다한가. 나와 관계없기 때문에 아무래도 괜찮아. 하지만 그 무책임한 선택이 타인에게는 치명적인 일대의 사건이 될 수도 있다는 것을 우리는 매일 간과하고 산다.

우리는 강하다. 강하다는 것은 한마디로 타인에 대한 책임감을 가져야 한다는 이야기다. 나는 이 영화를 보며 비로소 그걸 알았고, 아이들과도 그 이야기를 꼭 하고 싶었다.

우리가 경쟁해야 할 것은 옆사람이 아니라 문학사라는 것. 모름지기 살아 있는 작가는 문학사의 영토를 한 발짝이라도 넓히는 자라는 점을 잊어서는 안 됩니다.

_ 김형수, 《삶은 언제 예술이 되는가》 중에서

3학년
1학기

문학사의 영토

문학은 헤어진 후에도 서로 사랑하게 합니다

교사들에게 새해의 시작은 1월이 아니다. 3월이다. 그리고 폭풍 같은 3월이 시작되기 전, 매일 두려움에 떨면서 앞으로의 1년을 준비하는 시즌이 바로 2월 말이다. 활동하고 있는 여러 교사 커뮤니티에 수업자료들이 쏟아지기 시작한다. 작년에 이거 해봤는데 좋았다, 올해는 이런 수업을 하려고 한다, 토론자료 있으신 분, 방과후 수업은 무얼 할까요… 업로드되는 것은 수업자료뿐만이 아니다. 새학기 준비 매뉴얼, 담임을 위한 학생 상담자료, 새로 맡게 된 업무 관련 자료 등등 끝이 없다. 경력이 많다고 예외는 아니다. 오히려 경력자들이 더 큰 부담감에 시달린다. 우리는 매년 3월마다 새로 시작하는 사람들이다.

나 역시 마찬가지다. 2월부터는 방학 느낌을 빼고 '새학기 모드'에 돌입한다. 올해도 선생님들과 새학기 준비 수업 모임을 하고, 추천도서 목록을 업데이트하며 고3 수업을 준비하다가, 평소와는 뭔가 다른 느낌을 받았다. 늘 이 시즌이면 불안함이 몰려왔는데 이상하게 편안했다. 어랏, 새학기 증후군이 없다!

매년 새학기 증후군을 앓아왔다. 2월과 3월에 교사들에게 나타나는 흔한 증상이다. 혹시라도 학교를 옮기는 해라면 100퍼센트다. 올해 어떤 아이들을 만나게 될 것인가는 아이들만큼이나 교사에게도 중요한 문제이기 때문에 새학기에는 학교에 나오는 매일이 두려움의 연속이다. 아이들이 새학기에 적응하는 일이 힘든 것처럼, 교사들도 그렇다. 올해 만날 아이들, 이번에 새로 가르쳐야 할 과목, 함께 수업에 들어갈 짝꿍 교사, 같은 교무실을 쓰는 선생님과 부장교사, 학교의 교감·교장 선생님… 신경 써야 할 것이 한둘이 아닌데, 특히나 수업에 대한 스트레스는 그중에서도 가장 우위에 있다. 처음 보는 아이들 앞에서 능숙하게 말을 하는 일은 정말, 정말 어렵다. 첫 단추가 잘못 끼워질까 봐 전전긍긍한다.

그랬던 내가 올해 새학기 증후군이 심하지 않았던 이유를 가만히 생각해봤다. 2년을 함께해온 아이들이라 그랬던 것 같다. 굳이 서로를 알아가느라 힘을 빼지 않아도 되며, 나의 수업 철학이나 흐름, 평가 방식에 아이들은 이미 익숙하다. 게다가 나는 국어 수업을 거의 전담해왔으니 국어 시간에 어떤 활동들을 했고, 또 어떤 영역의 지식이 부족한지도 잘 알고 있다. 그렇게 그간의 활동을 토대로 이번 학기의 커리큘럼을 짜는데, 나도 모르게 "아, 재밌어!"라고 소리 내어 말하고 말았다.

학교에서는 보통 한 학기 혹은 1년 단위로 수업 계획을 짠다. 그런데 나는 3년 동안 연달아 담임을 하면서 3년의 거시적인 맥락 속에서 국어 수업을 기획하는 즐거움을 맛보게 된 것이다. 1학년 때는 국어 과목을 맡아 도서관에서 시를 읽고, 시 영상을 만들고, 책 대화하기 수행평가를 했다. 2학년 1학기 때는 같이 한 학기 내내 《코스모스》를 읽었고, 2학기 때는 글쓰기와 합평, 영화 수업, 라디오 드라마 만들기 수행평가를 했다. 매 학기 개인별 글쓰기와 모둠별 프로젝트를 두루 수행했고, 과학책뿐만 아니라 사회 문제에 대한 글도 같이 읽었다. 문법은 함께 들어가는 짝꿍 선생님이 맡아서 수업을 해주셨다.

그렇게 2년이 지나고 올해는 드디어 '문학'이다. 고3 수업은 고1, 고2와 달라야 한다는 현실적인 압박에 시달려서 처음에는 교과서 수업을 해야 하나, 수능 교재를 풀어야 하나 고민을 많이 했다. 하지만 우리 학교에서 수능에 제대로 응시하는 학생의 비율은 30퍼센트 정도. 나머지는 학생부 종합전형으로 수시 지원을 한다. 그 아이들을 모두 데리고 수능 기출문제를 풀 수는 없다. 지금까지 우리가 읽어왔던 책들에 비하면 수능은 너무도 좁고 좁은 세계다.

다시 처음으로, 우리가 문학 수업을 하는 목표로 돌아가자. 내가 가르치는 아이들 다수가 공과대학으로 진학을 하기에, 어쩌면 이번 학기 수업이 아이들에게는 마지막 문학 수업이 될 수도 있다.

하지만 입시라는 거대한 현실의 벽 앞에서 이상만을 이야기하는 게 과연 옳은 일일까? 끊임없는 자기 검열을 하게 된다. 고민과 걱정이 무한정 되풀이된다. 이럴 때는 나 혼자 결정하지 말고 주변 사람들에게 조언을 구하는 것이 상책이다. 새학기가 시작되기 전에 좋아하는 국어 선생님들을 만나 이번 학기 커리큘럼을 보여주며 어떤지 여쭤보았다. 그들의 이야기를 듣고 눈을 크게 뜬다. 불필요한 것들이나 어렵다고 생각되는 부분은 과감하게 삭제한다. 꼭 알아야 할 작가와 작품이 무엇인지 머리를 맞대고 다시 조율한다.

나의 욕심을 버리고, 아이들의 상황과 눈높이에 맞추자. 문학을 좋아하게 하는 것은 어렵더라도, 적어도 싫어하게는 하지 말자. 문학으로 새로운 세상을 볼 수 있는 통로를 마련하자. 글을 쓴다는 것은 자기 존엄성을 지키는 일임을 알게 하자. 문학을 매개로 아이들과 더 친해지자. 문학은 우리를 변화시킬 수 있다는 믿음으로.

문득 언젠가 다이어리에 적어둔 위화의 문장이 떠올랐다. "문학은 헤어진 후에도 서로 사랑하게 합니다."* 그리고 두 청년의 얼굴이 겹쳐졌다. 내게도 그런 아이들이 있다. 헤어진 후에도 사랑을 이어가는 아이들이. 군대에 가기 전 스승의 날에 찾아온 건우와 원근이, 그리고 승언이다. 세 친구는 이전 학교에서 마지막 담임을 할 때 만난 녀석들이다.

교사가 된 이후 한 해도 빼놓지 않고 지속해온 학급 행사가 있다면 그건 생일파티다. 첫 담임을 할 때 매일 아침 발행하던 아침신문은 3년을 어렵게 이어가다 사라졌다. 매일 신문을 만드는 게 너무 힘들었기 때문이다. 학급 아이들과 사진을 찍는 것도 많이 했는데 사진 찍는 걸 싫어하는 아이들이 꽤 있어서 관뒀다. 2년 차 때부터 열심히 해오던 학급문고는 학교를 옮기면서 그 많은 책을 옮길 수가 없어 과학고에 오면

---

* 위화, 《사람의 목소리는 빛보다 멀리 간다》, 문학동네, 2012

서 중단되었고, 학급 단합행사들은 반짝했다가 금방 사라지곤 했다.

하지만 생일파티는 지속 가능한 학급행사였다. 1인 1역을 정할 때 '생파반장'이라는 역할을 만들어두면 크게 어렵지 않았다. 생파반장은 월별 생일파티의 날짜를 정하고, 미리 친구들로부터 1000원씩 돈을 걷어 생일파티 전날 케이크 혹은 초코파이를 준비한다.

생파반장이 준비해야 할 것이 하나 더 있는데 그건 롤링페이퍼다. 나에게서 A4 색지를 받아 가 예쁘게 꾸미고, 학급 친구들이 생일을 맞은 친구에게 축하 메시지를 다 쓰면 내게 다시 가져온다. 나는 완성된 롤링페이퍼를 예쁘게 코팅해 다시 생파반장에게 돌려준다. 그리고 생파가 있는 날의 종례시간, 다 같이 촛불을 켜고 생일축하 노래를 부른 후 생파반장은 롤링페이퍼를 생일자에게 선물한다. 책받침처럼 빳빳한 분홍, 노랑, 연두, 하늘색의 롤링페이퍼들. 그저 생일 축하한다는 말이 다였지만, 각자의 필체로 삐뚤빼뚤 쓰인 그 문장들의 집합체가 나는 좋았다.

나는 나대로 또 할 일이 있었다. 생일을 맞은 아이에게 어울리는 책을 한 권 선물하는 것. 그걸 첫해부터 해왔다. 어떻게 처음 이 행사를 기획하게 되었는지는 생각이 나지 않는다.

다만 그때 담임 수당으로 11만 원을 받았었는데, 어린 마음에 이 11만 원은 우리 반 아이들에게 써야 한다는 생각을 했다. 담임이 해야 하는 어마어마한 업무와 스트레스를 생각하면 11만 원은 정말 적은 돈에 불과하지만, 스물다섯의 내게는 무척이나 큰돈이었다.

새학기, 학급 명렬을 받으면 아이들의 생일을 먼저 확인하고 달력에 기록한다. 가장 난감한 때는 3월에 태어난 아이들의 책 선물을 해야 할 때다. 아직 그 아이에 대해 잘 모르는 상태에서 책을 선물하는 일은 정말 어렵다.

먼저 학기 초에 받은 자기소개서를 꼼꼼하게 읽는다. 작년에 그 아이와 어떤 일이 있었던가 회상해보고, 쉬는 시간에 그 아이 책상을 슬며시 훑겨보며 어떤 관심사가 있는지 살펴본다. 그렇지만 나의 선택이 그 아이의 취향을 건드릴 확률은 매우 낮다. 그럼에도 불구하고 책 선물을 한다. 지금 당장 읽지 않더라도 책의 내지 첫 페이지에 짧은 편지를 써놓으면 이 책을 버리지는 못할 거야, 하는 마음으로. 1년 뒤, 5년 뒤, 10년 뒤 책장에 꽂혀 있는 그 책을 우연히 발견하고 한번 들춰볼 수 있다면 그것만으로도 괜찮다는 마음으로.

승언이에게, 범규에게, 현경이에게… 2013년의 건우와 원근이에게도 그런 마음으로 책 선물을 했었다. 그래서였을까?

나중에 나를 찾아오는 아이들은 꼭 책을 한 권씩 손에 들고 왔고, 그 책의 첫 페이지에는 어김없이 짧은 글이 쓰여 있었다. "하고운 선생님께"로 시작되는.

> 선생님께 책 선물을 해드리고 싶었는데 기회가 왔네요. 무엇을 드릴까 고민하다가 《언어의 온도》라는 책을 봤을 때 이거다! 하는 느낌이 왔어요.
> 글과 말을 통해 경험했었던 좋은 기억들은 선생님과의 수업시간이었습니다. 진심으로 평범한 수업시간이 아닌 그 이상의 배움이 있던 시간들이었습니다. 문학을 통해서, 선생님을 통해서 많고 값진 것들을 배웠습니다. 우리들의 문학에 선생님과 함께 있어 너무 좋고 감사합니다.
> 하고 싶은 말이 너무 많아 글에 두서가 없어요. 하지만 진심은 알아봐주실 거라고 믿어요! 감사합니다, 선생님. 많이 배웠습니다.
>
> - 2017. 5. 1. 건우 드림

스승의 날이라고 나를 찾아온 아이들과 이대 후문에서 저녁을 먹고, 기분 좋은 바람을 느끼며 신촌까지 걸어서 빙수를 사 먹었다. 팥빙수와 녹차빙수를 앞에 두고 아이들과 이런저런 이야기를 했다. 곧 시작될 대선 이야기, 학교 이야기, 군대 이야기… 그렇게 아이들을 보내고 돌아오는 길, 어둑어둑한 신촌 거리에서 선물 받은 책의 표지를 넘겼다. 편지를 읽기 위해서였다. 편지의 첫 문장을 읽으며 배시시 웃다가 순간 눈물이 터졌다. "글과 말을 통해 경험했었던"과 "우리들의 문학에 선생님과 함께 있어"라는 구절 때문이었다.

그때 우리가 나눈 문학은 무엇이었나. 그게 무엇이길래 헤어진 지 몇 년이 지나도 우리는 그때를 그리워하나.

만해, 육사, 동주

고등학교 졸업을 앞둔 아이들에게 가장 미안한 것은 주로 활동 수업을 하느라 기본적인 문학 지식을 많이 알려주지 못한 점이었다. 고등학교를 졸업했다면 적어도 한용운, 이육사, 윤동주는 알아야 하지 않겠는가. 김소월과 백석을 모르고, 이상과 김유정을 모르고, 김승옥과 이청준을 모르고, 박완서를 모르고 고등학교를 졸업하게 하고 싶지는 않았다. 하지만 매번 교과서 없는 국어 수업을 받느라 아이들은 우리 한국문학사에 대해 거의 알지 못했고, 주당 2차시 수업으로는 이 모든 작가를 소개하는 데 무리가 있었다. 기라성 같은 작가들을 일렬로 세워두고서 우선순위를 정해야 했다. 어쩔 수 없다. 그렇다면 만해, 육사, 동주로 시작해야지.

한용운과 이육사, 윤동주는 흔히 일제강점기 저항시인 3인방으로 분류된다. 다른 시인들이 일제의 탄압에 못 견뎌 붓을 꺾거나 변절했을 때, 이들은 끝까지 자신들의 뜻을 꺾지 않았다. 이들에게는 또 하나의 공통점이 있는데 그것은 세 사람 모두 해방 직전에 이 세상을 뜬 것이다. 이육사는 1944년 1월, 한용운은 1944년 6월, 윤동주는 1945년 2월에 눈을 감았다. 이 이야기를 해주면 아이들은 자기도 모르게 아… 하고 동시에 탄식을 내뱉는다. 하지만 이 두 가지 공통점을 제외하면 세 시인은 다른 삶, 그리고 다른 시 세계를 보여준다.

학기 초에 수업 모임 선생님들과 수업 계획을 나누다가 이상용 선생님이 재미있는 제안을 했다.

"만해, 육사, 동주 세 사람의 시를 무작위로 나눠주고 아이들이 직접 분류하게 해봐."

무릎을 '탁' 쳤다. 우리는 어디선가 본 듯한 시, 유명 시인의 시, 그런 시들을 잘 안다고 생각한다. 그러나 사실은 그렇지 않다. 시를 하나하나 뜯어보지 않기 때문이다. 시 제목이나 시인을 아는 것과 시를 아는 것은 완전히 별개다. 제목과 시인을 떼고 남은 시 자체는 얼마나 새로운가. 탁월한 수업 방법이라는 생각이 들었다.

시 읽기 수업 첫날, 한용운과 이육사, 윤동주의 시를 각 네 편씩 골라 모두 열두 편의 시를 무작위로 섞어 아이들에게 나눠줬다.* 아이들은 열두 장의 작은 종이를 들고 이리저리 시들을 나열했다가 끼워 맞춰본다. 자기들이 저마다 알고 있는 문학사의 사전지식을 최대한 꺼내보는데 그 모습이 재미있고 웃기다.

"야, 이거 백퍼 이육사야."

"왜?"

"미래지향적이잖아. 그런 건 다 이육사야."

주혁이는 모든 시를 '미래지향적이다, 아니다'로 판단한다. 나는 그게 웃기기도 하고 또 슬프기도 하다. 과학고에 온 많은 아이들은 국어 과목이 암기 과목이라 싫다고 했었다. 한용운의 시는 불교적, 이육사의 시는 미래지향적, 윤동주의 시는 자기성찰적. 판에 박힌 설명들. 시를 분류하는 아이들의 모습을 보며 절대로 단언적인 진술로 시를 해석하지는 말아야지, 시가 가지고 있는 다층적인 해석의 결을 맛보게 해야지, 시

---

* 이때 나눠준 시 열두 편은 한용운의 〈나룻배와 행인〉 〈복종〉 〈당신을 보았습니다〉 〈님의 침묵〉, 이육사의 〈청포도〉 〈꽃〉 〈절정〉 〈광야〉, 윤동주의 〈서시〉 〈자화상〉 〈참회록〉 〈또다른 고향〉이다. 일부러 아이들이 잘 아는 시와 모르는 시를 섞어 제시했고, 다음 시간부터 이 시들을 제재로 수업을 했다.

한 편이 하나의 세계를 보여줄 수 있다는 걸 알게 해야지, 다짐했다.

당신을 보았습니다

한용운은 나를 국어교사로 만들어준 사람이다. 고등학교 2학년 때까지 나는 한의사가 되고 싶었다. 당시 매스컴에 한의사들이 자주 등장했고, 많은 친구들이 비슷한 꿈을 꾸었다. 하지만 내게 수학과 과학은 멀게만 느껴졌고, 수학 선생님보다는 국어 선생님이, 물리 선생님보다는 프랑스어 선생님이 더 좋았다. 고3 때 이과에서 문과로 전과를 감행했다. 국어교육과를 가야겠어. 믿고 따르는 국어 선생님이 있었기에 가능한 일이었다.

고3이 되던 겨울방학부터 독서실을 끊었고, 매일 아침 독서실에 도착하자마자 두꺼운 16종 문학 자습서를 펼쳤다. 하루는 한용운의 시만 열 편 정도를 읽었다. 한 사람의 시를 그렇게 많이 읽어본 것은 처음이었다. 자습서에 이 사람 시가 왜 이렇게 많지? 그러다 〈당신을 보았습니다〉라는 시를 만났다.

당신이 가신 뒤로 나는 당신을 잊을 수가 없습니다.

까닭은 당신을 위하느니보다 나를 위함이 많습니다.

나는 갈고 심을 땅이 없음으로 추수가 없습니다.
저녁거리가 없어서 조나 감자를 꾸러 이웃집에 갔더니,
주인은 "거지는 인격이 없다. 인격이 없는 사람은 생명이 없다. 너를 도와주는 것은 죄악이다."고 말하였습니다.
그 말을 듣고 돌아 나올 때에, 쏟아지는 눈물 속에서 당신을 보았습니다.

나는 집도 없고 다른 까닭을 겸하여 민적이 없습니다.
"민적 없는 자는 인권이 없다. 인권이 없는 너에게 무슨 정조냐." 하고 능욕하려는 장군이 있었습니다.
그를 항거한 뒤에, 남에게 대한 격분이 스스로의 슬픔으로 화하는 찰나에 당신을 보았습니다.

아아 온갖 윤리, 도덕, 법률은 칼과 황금을 제사 지내는 연기인 줄을 알았습니다.
영원의 사랑을 받을까, 인간 역사의 첫 페이지에 잉크칠을 할까, 술을 마실까 망설일 때에 당신을 보았습니다.

- 한용운, 〈당신을 보았습니다〉

지금도 이 시를 읽으면 열아홉의 겨울방학이 생각난다. 아무도 없는 아침의 고요한 독서실, 문을 막 열고 들어와 자리에 앉자마자 문학 자습서를 폈다. 아직은 찬 공기가 외투와 귓바퀴, 그리고 손끝에 남아 있었다. 그때 손을 호호 불어가며 읽었던 한용운의 시. 어쩌면 그건 첫 '시 경험'이었다. 수업시간에 선생님이 알려주는 시 말고, 나 혼자 읽은 최초의 시. 누군가 내 옆에서 이 시를 읽어주는 것 같았다.

중학생 때 S.E.S를 좋아했다. S.E.S 3집에는 노래만큼이나 내레이션 트랙이 많았는데, 그 트랙에서는 바다, 유진, 슈가 돌아가며 수다를 떨거나 시를 낭송해주었다. 바다가 버스정류장에서 만난 남자의 샴푸 냄새와 그가 읊조리던 휘파람 소리를 말해줄 땐 어찌나 가슴이 뛰던지. 그리고 아마 유진이 읽어주던 시였을 것이다. 도종환의 〈차라리 당신을 잊고자 할 때〉. 정확한 문장 같은 것은 하나도 기억이 나지 않지만 한용운의 〈당신을 보았습니다〉를 읽는 순간, 유진의 목소리가 들렸다. 이제 와 다시 도종환의 시를 보니 한용운이 얼마나 우리 시사詩史에 중요한 역할을 했는지 알겠다. 당신이라는 청자를 설정하고, 당신에 대한 진한 그리움을 공손한 존댓말로 곡진하게 표현한 최초의 시인 한용운이 없었더라면 우리 시의 역사는 크게 바뀌었을지도 모른다.

김형수의 《삶은 언제 예술이 되는가》에서는 "우리가 경쟁해야 할 것은 옆사람이 아니라 문학사라는 것. 모름지기 살아 있는 작가는 문학사의 영토를 한 발짝이라도 넓히는 자라는 점을 잊어서는 안 됩니다"라는 문장이 나온다. 한용운은 문학사의 영토를 넓힌 사람, 아니 현대문학사라는 불모지를 처음 일군 사람일 것이다. 김소월, 김영랑, 정지용도 모두 마찬가지겠지. 그들이 뿌린 씨앗으로 기름지고 풍요로워진 땅에서 시를 읽는다. 그들에게 감사하는 마음으로.

"남들은 자유를 사랑한다지만 나는 복종을 좋아하여요"(한용운, 〈복종〉)로 역설의 개념을 익히고, 〈당신을 보았습니다〉로 서정시란 무엇인가에 대해 공부했다. 그리고 그가 남긴 최고 걸작인 〈님의 침묵〉으로 대단원을 내렸는데, 아이들은 이 시를 어려워하면서도 무척 좋아했다. "〈님의 침묵〉이 왜 좋아?" 하고 물어보니 민서가 당연한 걸 묻냐는 듯 어깨를 으쓱한다.

"아름답잖아요."

아… 나는 바보 교사였다.

〈님의 침묵〉의 마지막 시행은 "아아, 님은 갔지마는 나는 님을 보내지 아니하였습니다 / 제 곡조를 못 이기는 사랑의 노래는 님의 침묵을 휩싸고 돕니다"이다. 아이들은 이 마지막 문장을 이해할 듯 말 듯 어려워했다. 나는 아이들에게 대학생 때 배운 은사님의 말대로, 이 시의 포인트는 '침묵'에 있다고 말해주었다.

"제목을 봐. 님의 '부재'가 아니라 님의 '침묵'이야."

그건 마치 김현의 〈기쁨의 두부고로케〉*와 같고, 마누엘 푸익의《거미여인의 키스》의 마지막 문장과도 같았다.

"내가 당신 마음속에 살아 있고, 그래서 당신과 함께 있다는 것. 그래서 당신은 절대로 홀로 있게 되지 않을 거라는 사실이죠."

그런 순간이 있다. 지금 내 옆에 없는 사람이 나를 지켜주고 있다는 굳건한 믿음. 〈님의 침묵〉은 아마 거기에서 시작되었을 것이다. 부재를 침묵으로 바꾸어 생각하는 자의 마음을 헤아려본다.

나는 나를 어디까지 기다려보았는가

책을 읽을 때마다 좋은 문장들이 보이면 바로 메모하려고 노

---

* "우리 아들 같다 / 너는 멀리 있는 게 아니다 / 나는 엄마의 두 손에 / 엄마의 두부에 / 엄마의 된장찌개에 / 엄마의 시금치무침에 / 엄마의 불고기에 있으니까 / 엄마 곁에 / 아빠 곁에 / 형들 곁에 / 친구들 곁에 / 미래처럼 있으니까 / 두부고로케처럼 있으니까"
- 김현,《걱정 말고 다녀 와》 중에서. 이 시는 세월호 희생자 영만이의 입장에서 쓰였다. 영만이는 우리 곁에 있다.

력하는 편이다. 수업과 관련이 있는 문장이라면 더욱 그렇다. 그럴 때 나는 그 문장들을 써먹고 싶어서 어쩔 줄을 모른다. 마침 이육사 수업을 하려는데 좋은 문장이 세 개나 나의 그물에 걸려들었다. 월척!

> 역사는 항수가 아니다. 역사는 왜 우리가 지금의 모습인지, 우리가 누구인지, 왜 현재의 상황에 있는지를 말해준다.
>
> - 영화감독 켄 로치, 〈키노〉 인터뷰 중에서

> 모든 한국인들은 단 두 가지만을 열망하고 있었다. 독립과 민주주의. 실제로는 오직 한 가지만을 원했다. 자유.
>
> - 김산,《아리랑》 중에서

> 희망이란 본래 있다고도 할 수 없고, 없다고도 할 수 없다. 그것은 마치 땅 위의 길과 같은 것이다. 본래 땅 위에는 길이 없었다. 한 사람이 먼저 가고 걸어가는 사람이 많아지면 그것이 곧 길이 되는 것이다.
>
> - 루쉰, 〈희망〉 중에서

루쉰의 〈희망〉은 원래 알고 있는 글이었지만, 이육사 시 공부를 하며 처음 읽는 것 같은 느낌을 받았다. 황현산의《우물에서 하늘 보기》를 읽고 루쉰과 이육사가 친분이 있었다는 사실을 알게 되었기 때문이다. 이육사 시를 읽는 또 하나의 열쇠를 발견한 것만 같았다.

교과서에 실린 다른 시들도 그러하지만, 이육사의 시는 유난히 먼지가 많이 묻어 있다. 그건 어쩌면 그의 시와 삶이 일치했기 때문인지도 모른다. 우리는 육사의 삶으로 육사의 시를 본다. 독립운동가 이육사, 그의 시는 언제나 저항적, 의지적, 독립투사적으로만 읽혔다. 그걸 부정하고 싶지는 않다. 하지만 하나의 관점으로만 시를 읽을 때, 우리는 많은 것을 놓치게 된다. 그걸 같이 얘기하고 싶었다.

시 분류하기 수업을 했을 때 아이들은 이육사의 시를 찾는 것을 가장 어려워했다. 한용운의 시는 '당신'과 '님', 그리고 경어체라는 표지가 있었고, 윤동주의 시는 워낙에 알려진 바가 많았다. 하지만 이육사의 시는 언뜻 보아서는 쉽게 찾아내기 어려웠다. 그 기억을 떠올리며 아이들에게 부탁했다.

"얘들아, 우리는 이제 시인을 생각하지 않고 시만 가지고 해석을 할 거야. 이육사라는 사람을 빼고, 일제강점기라는 시대적 현실을 빼고, 오로지 시에만 집중해서 시를 읽어보자."

이육사의 〈절정〉을 읽고 질문 만들기 수업을 했다. 각자 시를 읽고 질문 두 개를 만들고, 모둠에서 질문을 모은다. 토론을 통해 해결할 수 있는 것은 해결하고, 해결이 안 되는 질문들만 다시 모은다. 그 질문을 반의 전체 질문으로 제시한 후에 각자 글쓰기를 한다. 대부분의 반에서 질문은 하나로 좁혀졌다. '왜 겨울이 강철로 된 무지개지?' 아이들의 글 중에서 논리적인 해석, 참신한 해석, 재미있는 해석들을 모아 기록했다. 그리고 황현산 선생님의 비평, 〈하얀 무지개의 꼭대기〉를 읽는다. 각기 다른 저마다의 해석, 강철로 된 무지개의 스펙트럼!

〈광야〉 수업을 할 때는 탁월한 시 해석자 두 명의 도움을 받았다. 먼저 황현산의 〈이육사의 '광야'를 읽는다〉(《우물에서 하늘 보기》에 수록)를 읽고 비주얼씽킹 작업을 한 다음, 마무리 활동으로 고병권의 〈미래철학의 서곡〉(《다이너마이트 니체》에 수록) 중 일부를 읽었다. 고병권 선생님의 글은 꽤 어려워서 같은 교무실의 목소리 전달력이 좋은 3반 담임 선생님께 녹음을 부탁드렸다. 한 페이지의 짧은 글이 K선생님의 목소리로 국어과 교실에 울려 퍼질 때 아이들은 처음에는 웅성웅성하다가 마지막에는 '캬' 하는 소리를 냈다.

나는 나를 어디까지 기다려보았는가. 나는 나를 어디까지 시도해보았는가. 나는 여기서 다시 시인 이육사를 떠올린다. 화자는 '청포를 입고 오는' '고달픈 손님'을 기다리며 '모시 수건'과 '은쟁반'을 준비하라고 했다. 그런데 내 생각에 둘은 하나이다. 힘든 길을 걸어온 '고달픈 손님'과 그를 기다리며 모시 수건과 은쟁반을 '준비한 이' 말이다. 천고의 뒤에 올 '백마 탄 초인'과 천고의 앞에 '가난한 노래의 씨앗'을 뿌린 이도 마찬가지다. 내가 광야에 뿌려놓은 '가난한 노래의 씨앗'은 자라 '나의 노래'가 될 것이다. 내가 나를 기다렸다면!

- 고병권, 《다이너마이트 니체》 중에서

황현산의 글에서 이육사는 루쉰과 더불어 역사의 진보를 믿는 사람으로 그려졌다. 고병권은 이육사가 니체를 읽었다는 데 초점을 맞추었다. 그래서 황현산의 '초인'은 곧 도래할 미래의 인류였지만, 고병권의 글에서 '초인'은 자기 자신이었다. 똑같은 시어가 시를 읽는 관점에 따라 전혀 다르게 해석될 수 있다는 것을 두 사람을 통해 제대로 배웠다.

기다림이란 무엇인가. 나는 나를 어디까지 기다려보았는가. 고3의 봄, 아이들은 그 문장에 밑줄을 치며 잠시 생각에 빠졌다.

너무 그리워서 나를 불러본다

이 땅의 국어교사들이 가장 좋아하는 시인을 꼽아보자면 그건 아마 윤동주와 백석이 아닐까 생각한다. 경험적으로 이 둘을 넘어서는 시인을 아직 보지 못했다. 물론 어떤 선생님은 김수영을, 다른 선생님은 기형도를, 혹은 이상을 가장 사랑한다고 답할 수도 있으리라. 하지만 우리 모두의 평등한 사랑을 받는 시인을 꼽으라면, 단연 동주다. 그리고 그 국어교사들 안에는 당연히 나도 포함된다. 윤동주의 시를 가르칠 수 있다는 것은 국어교사가 누릴 수 있는 최고의 특권이다. 문득 그런 생각이 들었다.

지금까지 배운 시 해석 방법을 총동원하여 각 모둠에 동주의 시를 한 편씩 나누어주고 모둠토론을 통해 너희들의 힘으로 해석해보라고 했다. 내가 고른 동주의 시 네 편은 〈자화상〉 〈또 다른 고향〉 〈쉽게 씌어진 시〉 그리고 〈참회록〉이다. 아이들에게 시를 고를 기회를 준 후에 배우 강하늘의 목소리로 윤동주의 시 낭송을 들어보았다. 시는 눈이 아니라 입으로 소리 내어 읽어야 한다는 자명한 진리를 다시 느낀다.

동주 시 수업은 한 시간 동안 모둠별 토론을 하고, 그다음 한 시간은 모둠별 발표와 질의응답 시간으로 이어갔다. 모둠토론을 할 때 아이들이 내게 도움을 요청하면 답을 해주긴 했지만, 최대한 토론에 개입하지 않으려고 했다. 조금은 알쏭달쏭한 채로 모둠별 발표가 끝났고, 우리는 다음 시간부터 바로 두 시간 동안 이준익 감독의 영화 〈동주〉를 함께 보았다. 나의 몇 마디 말보다 시인이 등장하는 영화를 통해 아이들이 해석의 빈틈을 스스로 찾아가길 바랐다.

영화 속에서 주인공의 목소리로 동주의 시가 낭송되어 나올 때, 아이들은 '아' 하고 어떤 깨달음의 소리를 냈다. 그러니까 그냥 읽었을 때는 하나도 이해가 안 되던 〈참회록〉이 창씨개명 후 동주와 몽규가 일본으로 가던 배 안에서 울려 퍼지는 장면에서, 몽규는 항일운동에 참여하고 동주는 시집을 출판하기 위해 하숙집에 머무르는 장면에서 "육첩방은 남의 나라"(〈쉽게 씌어진 시〉)가 낭송될 때. 그때의 그 불안한 떨림.

각자에게 맞는 저항의 방식이 있다. 조선어가 금지된 시대, 누군가는 시를 써야 한다. 시를 쓰는 일이 저항의 한 방식이 되기도 한다는 것을 나는 정지용과 윤동주를 통해 배웠다.

윤동주 수업에 푹 빠져 지내던 때에 우연히 서점에서 《단 하나의 눈송이》라는 시집을 보았다. 깨끗한 순백의 표지. 지은이는 사이토 마리코라는 일본의 시인이었다. 책을 펼치니 난데없이 동주의 이름이 나온다. 〈비오는 날의 인사〉라는 시였다.

모르는 사이에 당신의 나이를 넘어 있었습니다
그것을 잊은 채로 당신의 나라에 와버렸고
잊은 채로 당신의 학교에까지 와버렸습니다
팔짱을 끼고 독수리상을 지나서 좀 왼쪽으로 올라가면
당신의 비석이 서 있습니다
당신의 나이를 넘은 제 삶을
여기에 옮긴 것은 옳았던 것인지

"여기는 윤동주 선배님의 조용한 안식처입니다. 담배 꽁초를 버리지 맙시다."
오늘은 비가 지독하고
팻말은 풀숲 속에 쓰러진 채 비에 젖어 있었지만
후배들은 여기서 담배 따위는 피우고 있지 않아요
여기 올 때마다 조그마한 꽃다발이 놓여 있습니다
"시인이 시인이라는 이유만으로 학살당했다. 그런 시대가 있었다."
라고 일본의 한 뛰어난 여성 시인이 쓴 적이 있습니다
당신에 대해서입니다

그것은 저희 어머니의 시대 할머니의 시대입니다

저는 당신의 종점으로부터 걸어왔습니다
언제나 종점으로부터 출발해왔습니다
이제 폭풍우는 우상을 뒤집어서
저는 당신의 말 앞에 서 있습니다
실현될 때 말은 빠릅니다
빛처럼 실현될 때
말은 운명입니다
약속이 이루어질 수 없는 이 지상에서
녹지 않는 별의
그 딱딱한 눈동자의 빛에 비추면서
저의 부끄러움과 당신의 부끄러움은
서로 얼굴을 맞을 수 있는 것인가요

비가 그치면
"사람이 되지"라 대답한
수없는 당신의 동생들이
뛰어다니는 이 대학가 상공에
하늘과 바람과 별과 시와
최루가스가 자욱하게 있습니다

- 사이토 마리코, 〈비오는 날의 인사〉

윤동주를 좋아해서 이웃 나라에 한국어를 공부하러 온 사이토 마리코가 한국어로 쓴 시이다. 이 시를 읽고 불현듯 연세대에 발걸음을 해야겠다는 생각이 들었다. 윤동주가 송몽규, 강처중과 한방을 썼다는 기숙사 핀슨홀이 아직 남아 있었다. 핀슨홀 2층에 위치한 윤동주 기념실에 가서 그의 흔적을 더듬어보다가, 다시 1층으로 내려와 윤동주 시비 앞에 섰다. 윤동주 시비의 앞면에는 〈서시〉가, 뒷면에는 시비를 세우며 연세대 후배들이 쓴 글이 새겨져 있었다. 서성거리며, 또 울먹거리며 그 글을 읽었다. 훗날 아이들도 여기를 찾으면 좋겠다, 생각했다.

아이들과 함께 영화 〈동주〉를 본 이후, 배우 강하늘이 부른 〈자화상〉이라는 노래가 오래도록 내 플레이리스트에 자리했다. 그 노래를 들으며 내친김에 교토를 찾았다. 연세대 핀슨홀에 함께 간 친구 지혜와 함께였다. 교토에 도착한 후 우리의 첫 일정은 윤동주가 잠시 다녔던 도시샤대학에 방문하는 것이었다. 도시샤대학의 교정을 걸으며 늙은 교수의 수업을 들으며 시를 썼을, 시를 쓰며 매일 부끄러워했을 그를 떠올렸다. 정지용과 윤동주의 시비 앞에서 한참 동안 생각했다. 시를 읽는 일에 대하여, 살아가는 일에 대하여.

나의 이상

2018년 3월에 서촌의 베어카페에서 진행하는 '나만의 책 만들기' 수업을 신청했다. 서촌의 골목에 자리 잡은 그 카페는 '디자인이음'이라는 출판사에서 운영하는 곳이었는데, 소담한 한옥 안에 디자인이음 출판사에서 만든 책들이 나란히 전시되어 있었다. 그곳에서 한 손에 쏙 들어오는 작은 시집들을 보았다. 정지용의《향수》, 백석의《사슴》, 윤동주의《하늘과 바람과 별과 시》. 옅은 노란빛을 띤 정갈한 표지의 시집들이 내 마음을 사로잡았고, 그날 윤동주의 시집을 사와서 가방에 넣고 다니며 시시때때로 읽었다. 따로 읽어왔던 윤동주의 시들이 그 시집 안에서 하나의 그림을 그리고 있었다. 시들은 서로 연결되어 있었고, 하나의 시가 또 다른 시를 읽는 열쇠

역할을 하기도 했다.

독서 수업을 할 때, 아이들과 단행본으로 수업을 한다면 얼마나 좋을까 하고 생각할 때가 많다. 교과서에 없는 작품을 다루기 위해서는 A4 용지에 시나 소설을 인쇄하게 되는데, 가끔은 그 한 장의 종이가 너무도 가볍게 느껴진다. 따로따로 존재하는 조각 글이 아니라 책이라는 맥락 속에서 작품을 바라보게 하고 싶었다.

고민은 길게, 행동은 빠르게. 윤동주의 시를 조각난 종이로 읽었으니 이상 소설은 진짜 책으로 읽어보자. 디자인이음의 미니북 시리즈에는 이상의 시와 소설 선집인《날개》도 있었는데, 한 권에 4천 원이었다. 계산해보니 6만 원이면 한 반 아이들이 모두 인쇄물이 아니라 책으로 그의 소설을 읽을 수 있었다. 눈을 딱 감고 열여섯 권을 주문했다. 그리고 결심했다. 내년에는 제발 수업준비를 미리미리 하고 일찌감치 도서관에 책 구입 요청을 해야지. 과연 이뤄질지는 모르겠지만.

이상 수업을 위해 준비한 게 하나 더 있다. 바로 '100인의 배우, 우리 문학을 읽다' 오디오북이다. 최민식, 문소리, 정진영과 같은 쟁쟁한 배우들이 한국 현대문학 작품 100편을 낭독해주는 오디오북이 마침 판매되기 시작한 것이다. 목록을 살펴보니 아, 이상의 〈날개〉도 있다.

일제강점기의 소설들은 문체가 지금과는 상당히 다르다. 예스러운 어투도 남아 있고, 지금은 쓰지 않거나 어색한 단어가 적지 않아 눈으로만 읽기에는 걸리는 부분이 많았다. 오디오북으로 작품을 한 문장, 한 문장 천천히 읽으면 옛글 독해의 어려움을 조금은 덜 수 있을 것 같았다. 우리 학교 국어과 선생님들과 십시일반 돈을 모아서 오디오북을 구입했다. 밥을 안 먹어도 배가 불렀다. 수업 준비가 든든했다.

드디어 이상 수업 첫 시간. 아이들에게 《날개》를 한 권씩 나눠줬다. 아이들은 이 자그마한 책을 보고 "와. 선생님, 이게 뭐예요? 선물이에요?" 한다. "오늘부터 같이 읽을 책이야. 딴 반 애들도 봐야 하니까 낙서하지 말고 깨끗하게 보자." 그리고 오디오북을 열어 〈날개〉 음성파일을 재생한다. 국어과 교실을 배우 송승환의 목소리가 가득 채운다. "박제가 되어버린 천재를 아시오?" 알쏭달쏭한 그의 이야기 속으로 아이들은 조금씩 빠져들었다.

현대문학사의 많은 인물 중 이상을 선택한 이유는 그가 우리 문학사에서 빼놓을 수 없는 역할을 했기 때문이기도 하지만, 그의 배경과 더 관련이 깊다. 첫째, 그는 사직동 출생이다. 우리 학교는 사직동과 터널 하나를 사이에 두고 있다. 이상은 서촌에서 광화문이 헐리고 조선총독부가 세워지는 광경을 목격하며 자랐다. 80년이라는 시간의 격차는 극복할 수 없어도, 우리의 지리적 거리만은 가까웠다. 둘째, 그는 이과생이었다. 화가를 꿈꾸며 자랐지만 집안의 반대로 경성고등공업학교 건축과에 진학했다. 우리 학교에도 그런 아이들이 많았다. 예술을 하고 싶었지만 부모의 반대로 과학고에 온 아이들. 이상이 수학과 과학을 뛰어나게 잘했다고 하니 아이들 눈이 동그래진다. 셋째, 그는 항일 작가가 아니다. 이상은 조선총독부 내무국 건축과에 취업을 했고, 총독부 잡지에 소설을 연재했으며, 시도 발표하고 조선미술전람회에서 상도 탔다. 그리고 그가 발표한 대부분의 작품은 일본어로 쓰였다. 시도, 소설도. 이 얘길 하면 아이들은 깜짝 놀란다. 일본어로 문학 활동을 한 작가가 있다는 사실을 상상조차 못 한 것이다.

"쌤, 그럼 이상은 친일파예요?"

'일제강점기' 프레임 안에서 모든 인물은 단일해진다. 그걸 깨줄 필요가 있었다. 우리 모두는 입체적인 존재들이고, 당대 사람들도 당연히 그러했다는 걸 알려주고 싶었다. 일본어로 문학활동을 했다는 것이 결코 잘못이 아니었다는 것도.

그렇지만 이상 수업을 하면서 나는 자주 길을 잃곤 했다. 그건 〈날개〉라는 텍스트가 너무 어려웠기 때문이기도 하고,

그만큼 자유자재로 뻗어가는 아이들의 자유로운 해석을 방해하고 싶지 않다는 나의 욕심 때문이기도 했다. 두 시간 동안 소설을 읽고, 아이들의 질문 해결 한 시간, 모둠별 발표 한 시간으로 차시를 구성했으나 소설을 제대로 이해하기에는 턱없이 부족했다. 소설 일반론 강의로 한 시간 수업을 하고, 소설에 나타난 근대성에 대해 한 시간 동안 살펴본 후에야 비로소 〈날개〉 수업이 어느 정도 마무리되었다.

이상 수업은 나에게도 새로운 도전이었다. 생각해보면 매번 매 수업이 그러했다. 과학고에 와서 수업하면서 나는 가르치는 사람보다 배우는 사람으로서의 정체성이 더 강해졌다. 언젠가부터 스스로를 '문학을 공부하는 사람'으로 생각하고 있었다. 이상 수업을 위해 《이상 평전》《서울 문학 기행》《꾿빠이 이상》을 차례로 읽으며 1930년대 경성의 모습을 그렸다. 학술논문 사이트에서 '이상' '날개' '구인회' '모더니즘' 같은 단어들을 검색해가며 닥치는 대로 관련 논문들을 읽어나갔다. 좋은 논문이 있으면 뛸 듯이 기뻤고, 여러 참고자료들이 하나의 흐름으로 이어질 때 희열감에 들떴다. 수업을 잘하고 싶은 욕심도 컸지만, 그 과정에서 오히려 내가 크고 있구나 하는 느낌을 받을 때가 많았다. '문학을 공부하는 일이 곧 수업 준비'라는 사실이 벅차게 다가왔다.

첫 학교에서는 그게 쉽지 않았다. 차분하게 책을 읽을 시간이 없었다. 매일 사건 사고가 터졌고, 선생님들은 이리저리 뛰어다녔다. 신규로 발령을 받자마자 생활지도부에서 오래 근무해야 했던 사회 선생님의 얼굴을 기억한다. 누구보다 열정적인 선생님이었지만 계속되는 야근과 학교폭력 사안에 빠르게 지쳐갔다. 수업을 잘하는지 못하는지는 크게 중요하지 않았다. 아무리 수업 준비를 열심히 해도 수업을 듣는 학생들은 정해져 있었다. 교무실에서 수업 준비를 위해 책을 읽고 있으면 한가하다는 소리를 들었다.

가끔 교사 연수에 나가 수업 사례를 발표할 때가 있다. 그럴 때마다 나는 작아진다. "선생님, 거긴 과학고잖아요. 우리 애들은 안 될 거예요." 그런 얘길 자주 듣는다. "좋겠어요. 근데 과학고는 어떻게 하면 갈 수 있어요?"라고 수업과 상관없는 얘길 물어보기도 하신다. 맞다. 내가 잘해서가 아니라 아이들이 잘해서 수업이 잘된 거였다. 처음에는 그런 말에 어떻게 반응해야 할지 잘 몰랐다. 하지만 이제는 적어도 내가 이 자리에서 해야 할 일이 무엇인지는 알고 있다.

니체는 "시도와 물음, 그것이 나의 모든 행로였다"라고 말했다. 수업하기 좋은 환경에서 근무하는 내가 할 수 있는 일은 여러 수업들을 시도하고 도전해보는 일, 그리고 성공이든 실패든 많은 수업 사례들을 남기는 일. 그게 과학고에서 근무하는 국어교사가 할 수 있는 최고의 선일 것이다. 그렇게 결론 내리고 난 후, 더 과감하게 여러 가지 수업들을 시도하고 실천해나갔다.

어떻게 하면 〈날개〉를 쉽게 읽을 수 있는가? 불가능하다. 쉬운 소설이 아니기 때문이다. 그리고 이 소설을 쉽게 읽는 순간 소설의 주인공들은 이해 불가능한 사람들로 전락하고 만다. 그것이야말로 우리가 가장 경계해야 할 일이 아니던가. 소설 수업을 통해 내가 하고 싶은 것은 아이들이 자기 힘으로 소설을 읽어내는 것이었다. 그러려면 계속 질문을 던질 수밖에 없었다. 고민하게 하는 수밖에 없었다. '아!'라는 감탄은 스스로의 입에서 나와야만 했다. 그 방법을 궁리하며 나도 나만의 답을 찾아갔다. 오솔길로 가자. 조금 둘러갈지라도, 옳은 방향으로. 오솔길의 빛깔과 향기를 느끼며.

소설 〈날개〉 수업을 끝낸 후 이상 마지막 시간. 칠판에 '나의 이상'이라고 크게 써두고 미니북 《날개》에 수록된 이상의 시 스물아홉 편 가운데 마음에 드는 것 하나를 골라 글을 써보자고 했다. 무엇에도 구애받지 말고 자유롭게 이상의 시를 해석해보자. 그게 어렵다면 시를 읽고 떠오르는 자신의 경험을 써도 된다. 아이들은 시를 찾아 글을 쓰고, 나는 교실을 돌아다니며 아이들의 표정을 살핀다.

문득 '나의 이상李箱'이 '나의 이상理想'처럼 느껴졌다.

레디메이드 인생을 거부한다

문학사 수업의 마지막은 백석으로 해야지. 그가 쓴 동시 〈굴〉, 내가 사랑하는 〈나와 나타샤와 흰 당나귀〉, 그리고 우리를 돌아보게 하는 〈남신의주 유동 박시봉방〉. 가능하다면 1988년의 해금 조치와 분단 이후 북한에서의 삶과 행적까지 이야기해봐야지. 내가 느낀 백석의 감동을 아이들과 나누어야지. 문학사 수업을 기획할 땐 그런 생각을 했었다. 그랬다면 아름답고 훈훈하게 한 학기를 마무리 지을 수 있었을 텐데.

불가능했다. 이미 너무 오랫동안 아이들과 이상의 〈날개〉를 읽어버린 것이다. 이상을 통해 소설의 세계로 깊숙이 들어가고 나니, 다시 시로 빠져나오는 일이 쉽지 않았다. 다시 한 편의 소설이 필요했다. 그렇다면 무엇을 읽어야 하나?

선택지는 많지 않았다. 구인회의 김유정, 박태원, 이태준… 모두 좋은 작품들을 남겼지만 〈날개〉 이후에 읽을 수 있는 작품들은 아니었다. 그러니까 〈날개〉는 힘이 너무나 셌던 것이다. 그렇다고 이제 와서 뜬금없이 해방 이후의 김승옥이나 이청준 소설을 읽을 수는 없는 일. 일제강점기 작품 중 〈날개〉와 맥이 닿으면서도 문제적인 작품이 무엇이 있을까 하고 문학사 서적들을 뒤적거렸다. 고민은 그리 길지 않았다. 채만식이 남긴 〈레디메이드 인생〉이 있었다.

"뭐 어디 빈자리가 있어야지"로 시작해서 "레디메이드 인생이 비로소 겨우 임자를 만나 팔리었구나"로 끝나는 소설. 오랜만에 이 소설을 다시 읽으니 1934년의 경성이 2018년의 서울에서도 되풀이되고 있음이 확실히 느껴진다. 아, 황정은의 단편 〈초코맨의 사회〉는 〈레디메이드 인생〉의 오마주가 아닌가!

다시 '100인의 배우, 우리 문학을 읽다' 오디오북의 도움을 받아 소설을 읽는다. 소설의 주인공은 불평불만만 많고 정작 하는 일은 하나도 없는 인텔리 P. 그리고 그에게 갑자기 시골에 맡겨둔 아들 창선이가 등장한다. 소설을 다 읽은 아이들은 P를 경멸한다. 아이들이 만든 질문에서도 P에 대한 비난이 속출한다.

P는 왜 더 이상 일자리를 구하려고 하지 않나?

P는 취업을 위해 진정으로 열심히 준비하고 있는 걸까?

P는 왜 돈은 없는데 남의 시선을 신경 쓰며 사는 것일까?

P는 왜 그렇게 허세, 고집, 편견으로 가득 차 있을까?

이는 명백히 질문의 형식을 빌려온 비난이다. 아이들의 노트를 걷어 질문들을 타이핑하다가 나는 잠시 맥이 풀린다. 마음이 답답해온다. 당장 다음 시간에 수업을 해야 하는데 어떤 판단을 내리기가 어렵다. 내가 왜 이 작품을 선택했던가.

꼭 취업을 해야 하나? 레디메이드 인생이 꼭 팔려야만 하나? 일자리를 얻기 위해서 바득바득 노력해야 하나? 손끝의 기술 하나 없는 P가 대체 무슨 일을 할 수 있나? 우리에게 '일할 의무'만 있고, '일하지 않을 권리'는 없는가? '팔리거나' 혹은 '팔리지 않고 재고가 되거나'의 두 가지 선택지밖에 없는 상황에서 레디메이드가 되기를 거부하는 일은 왜 안 되나? 이게 이 소설을 읽으며 내가 아이들에게 진짜 하고 싶은 말이었다. 하기 싫은 일을 꾸역꾸역 해가면서, 그렇게 번 돈으로 자식 교육을 시키고, 교육의 결과로 자식이 좋은 레디메이드로 팔리기를 바라며, 또다시 평생을 그렇게 살아야 하나? 우리 조상들의 역사를 되풀이하면서?

그러니까, 우리는 인생을 어떻게 살아야 하나?

하지만 내가 이 말을 할 수 있을까? 좋은 대학에 가기 위해, 좋은 곳에 취업을 하기 위해, 결국은 임자를 만나 팔리기 위해 매일 밤 열한 시 반까지, 아니 새벽 두세 시까지 피 터지게 공부하는 아이들에게, 시험기간이면 밥 먹듯 밤을 새우는 아이들에게 "너 꼭 그렇게까지 바득바득 공부를 해야 하니?"라고 내가 어떻게 물어볼 수 있단 말인가. 교실에서 아이들에게 '일하지 않을 권리'를 이야기해놓고는 교무실로 돌아와 아이들의 성적을 까놓고 입시 상담이랍시고 "지금 이 성적으로는 못 가. 더 열심히 해야 해"라고 말하면, 그럼 나는 도대체 뭐가 되나. P가 자신의 그림자에서 이중인격의 모순상을 발견했듯이, 나도 나의 이중인격이 발가벗겨질 것 같아 무섭다.

그러니까, 수업이 좋으면서도 힘들다. 4년제 대학을 졸업하고 임용고시에 합격해 공무원으로 월괘저금*을 하면서 살아가는 내가 아이들에게 도대체 무슨 말을 할 것인가.

〈레디메이드 인생〉은 내게 너무 어렵고 슬프다. 나는 왜 아이들에게 '레디메이드 인생을 거부한다'고 당당하게 말하지 못하나. 지연이가 노트에 쓴 글이 잊히질 않는다.

이렇게 열심히 공부하는데, 나도 레디메이드 인생일까….

---

* 〈레디메이드 인생〉에 나오는 옛말. 정기저축.

교사도 학교가 두렵다

학기 말에는 항상 속상한 일들이 생긴다. '설문조사를 하지 말걸.' 하는 후회를 하다가, 그래도 아이들이 이런 기회를 통해서라도 상처받은 마음이나 서러운 마음을 토해놓게 하는 게 맞지 않나 싶기도 하다. 6교시 수업을 마치고 터덜터덜 돌아오는 길에 교사로서 살아가는 일의 기쁨과 슬픔에 대해 생각했다.

> 국어노트에서 좋은 평가를 받으면 왜 그런지 선생님의 의견을 써주셨으면 한다. 지금의 국어 수행평가는 너무 개인의 의견이 지배적이다.

충분히 나올 만한 의견이다. 이번 학기에는 바쁘다는 핑계로 노트에 피드백을 거의 못 해줬다. 점수만 덜렁 받는 게 상처가 되겠지. 미안하다.

> 그냥 수업시간에 내 생각을 던지면 무시당하는 게 짜증났다. 그것 때문에 국어를 싫어하게 된 것 같다. 어떨 때는 국어에 답이 없다더니 의견을 제시할 때마다 무시당하니까 기분이 나빴다.

이 답변을 보고 화들짝 놀랐다. 내가 학생의 의견을 무시한다고는 전혀 생각하지 못했다. 수업시간에 분위기를 위해서 (웃기려고) 가끔 학생의 예시를 들어 "이렇게 잘못 해석한 친구도 있었어"라는 말을 한 게 떠올랐다. 나도 모르게 "그건 아니지"라고 말하거나 말도 안 된다는 표정을 지었을 수도 있겠다. 계속 무시당했다고 느꼈다니 너무 미안했다. 리액션은 나의 장점이기도 하지만 단점이기도 한 것 같다.

> 어떻게 항상 창의적인 질문을 던질 수 있나? 그리고 그 질문의 참신함도 주관적이라서 내 생각을 제대로 전할 수도 없다.

주관적이라는 평가가 너무 많다. 하긴, 2017년부터 나 혼자 국어 수업에 들어가고 있다. 내 주관이나 고집이 더 세어지는 것 같아서 무섭다.

> 문학이랑 수학이랑 별로 다른 게 없다. 마음으로 이해한다는 건 쓸데없고, 참고서 사서 달달 외우기만 하면 좋은 점수를 받는 것 같다.

이 평가는 솔직히 좀 억울했다. 눈물이 날 것 같았는데 꾹 참았다.

> 친구들의 수업 참여도가 높지 않을 것이 뻔합니다. 조금은 참여를 유도하는 수업이 되었으면 좋겠습니다. 모둠토론, 발표 이런 것은 너무 식상합니다.

2학기 수업에 대한 의견을 묻는 항목에 한 친구가 이렇게 답했다. 3학년 2학기, 마음을 단단히 먹지 않으면 매일 상처받으며 살게 될 것이다.

> 내 생각을 써봤자 선생님 생각과 다르거나 올바른 해석이 아

니면 점수 없음.

특히 수업일기는 내 생각 따위는 무시하고 선생님을 위해서 써야 함.

수업시간에 아무리 열심히 들어도 자는 애들보다 글을 못 쓰면 점수 없음.

대체로 수행평가 점수가 많이 짬. 단순히 성적 가르기 목적으로밖에 생각되지 않음.

한 친구가 쓴 내용이다. 엄청나게 많이, 또 길게 썼다. 처음 봤을 때는 '아 뭐야.' 하고 짜증이 팍 났는데, 이 아이가 누구인지 짐작이 갔다. 열심히 하는 것에 비해 항상 평가가 좋지 않은 학생이다. 자기만의 기준으로 시나 소설을 판단하는 경우가 많아서 노트 검사에서 좋은 점수를 주지 못했다.

이 학생의 말에 100퍼센트 동의할 수는 없지만, 마지막 답변은 사실 좀 찔렸다. 수행평가가 점점 확대되면서 과거에는 수행을 하기만 하면 만점을 받았는데 이제는 그럴 수 없는 환경에 이르렀다. 그래서 처음 계획보다 만점을 받는 학생 수를 줄였는데 이걸 귀신같이 알아본 것이다. 상대평가, 절대평가… 뭐가 옳은 것일까.

그렇지만 저는 알고 있습니다. 선생님 또한 사람이라는 것을. 그렇기에 완벽하지 못하실 수밖에 없다는 것을. 저는 선생님의 수업 자체에 대해서는 만족도가 아주 높습니다. 그러나 그 평가가 불만인 것입니다. 하지만 저는 믿습니다. 제가 알고 있는 선생님이라면 제 글 따위에 상처받지 않고 더 좋은 방법을 고민하실 거라고요. 그래서 언젠가는, 학생들의 마음을 모두 끄는 빛나는 선생님이 되실 것이라는 것을….

위에서 나를 찌른 친구가 설문조사지 뒷장에 빽빽하게 이렇게 썼다. 얘가 밉기도 하고 고맙기도 하고… 뭐랄까, 만감이 교차한다. 얘도 내가 그렇겠지. 내가 좋아하는 선생님이 나에게 점수를 안 줄 때 얼마나 미울까.

사실은 어제 송파교육청 신규교사 추수연수에 다녀왔다. 이제 막 교직 첫해 여름을 맞는 선생님들 앞에서 이런저런 이야기를 하고 왔는데, 그렇게 신규 선생님들 앞에서 '수업은 이렇게, 평가는 이렇게 하세요.' 하며 잘난 척을 해놓고 오늘의 나는 이렇게도 찌질찌질하다. 시간이 흘러도 어쩌면 더 나아지지 않을 수도 있다는 것이, 내가 더 좋은 교사가 될 수 있다는 확신이 없다는 것이 무섭다. 여기는 경력만으로 해결되지 않는 곳. 내가 나를 잡지 않으면 계속 흔들릴 수밖에 없는 곳.

이런 날엔 그 책의 제목이 절절하게 떠오른다.《교사도 학교가 두렵다》. 수업 때문에 이루 말할 수 없이 행복하다가도 오늘 같은 날은 나의 지난 모든 수업들이 다 엉망이었다는 생각이 들어 괴롭다.

우리의 꿈도 언젠가는 떠나가겠지
세월이 지나면 힘들기만 한 나의 나날들이
살아온 만큼 다시 흐를 때 문득 뒤돌아보겠지

_ 전람회, 〈졸업〉 중에서

3학년
2학기

더 넓은 세상 속으로

우리는 모두 이방인

2012년에 처음으로 고3 담임을 했다. 스물일곱, 아이들과 나는 여덟 살 차이가 났다. 학교에서는 그런 일이 흔하다. 나는 스물다섯에 신규발령을 받았지만 생일이 빠른 경우에는 스물셋에 교사가 되는 일도 생긴다. 그 교사가 고3을 맡게 된다면 아이들과 겨우 네 살밖에 차이가 나지 않는다.

시간이 지나고 생각해보니, 학생들과의 나이 차이는 크게 중요한 것이 아니었다. 하지만 20대 여교사들은 항상 걱정을 안고 교단에 선다. 내가 어리다고 나를 만만하게 보면 어떡하지, 아이들이 선생 대접을 안 해주면 어떡하지, 아무도 내 말을 안 들으면 어떡하지? 나도 그게 늘 두려웠다. 당시의 나는 아무것도 내세울 게 없었으니까. 학교와 학생에 대해 아는 것이 아무것도 없는데 고3 담임을 맡게 되었으니 더 그랬다. 내가 다른 선생님들보다 더 나은 거라곤 열정밖에 없었다. 그런데 그 열정이 내 발목을 잡았다.

너무 열심히 일하는 담임교사와 아무것도 하기 싫은 고3 학생들. 돌아보니 그게 2012년 3학년 14반의 모습이었다. 당시 나는 성동구에 위치한 인문계 고등학교 남자반 담임이었다. 아침 조회를 하러 학급에 들어가면 다섯 명 정도가 항상 없었다. 아침마다 출석체크를 하고, 학교에 오지 않는 아이들(혹은 아이들의 부모님)에게 전화하는 것이 나의 아침 고정 일과였다. 3교시쯤 지나고 나면 아이들이 한 명씩 교무실로 내게 출석을 보고하러 왔다. "쌤 저 왔어요." 누군가는 당당하게, 누군가는 힘없이.

아이들은 내게 학교에 오는 것은 보고했지만, 학교에서 나가는 것은 보고하지 않았다. 그땐 이유를 모르고 그저 나쁜 아이들이라고 생각했다. 그런데 지금 생각해보니 싫은 소리를 듣기 싫은 마음에서였던 것 같다. 학교에 오면 담임에게 잘 왔다 소리를 듣지만, 조퇴시켜달라고 하면 절대 안 된다고 할 터이니. 아이들로서는 그게 생존방식이었다. 수업이 끝나고 종례를 하러 교실에 들어가면 아침에 분명히 있던 아이들이 모조리 사라져 있었다. 그러니까 우리 반은 무단지각, 무단

결과, 무단조퇴, 무단결석이 자유자재였다. 나는 그 아이들을 학교에 오게 하려고 무던히 노력했다. 매일 전화를 하고, 손가락 걸고 약속을 하고, 간식을 뿌리고, 공강 시간에 아이의 집으로 찾아간 일도 있었다. 그것이 내가 해야 할 일이라고 생각했다.

나는 아이들을 이해하지 못했고, 아이들은 나를 이해하지 못했다. 우리는 서로에게 완벽하게 이해 불가능한 존재들이었다. 나는 아이들이 매일 결석하는 일에 발을 동동 굴렀으며, 아이들은 왜 이렇게 담임이 학교에 안 나온다고 야단인지 알 수 없어했다. 학교, 그게 뭐라고. 동료 선생님들은 매일 밤 열 시까지 야근을 하며 아이들과 씨름하는 나를 안쓰럽게 여겼다. 그래서 우리 반 아이들은 매일 교실에 들어오는 교과 선생님들께 혼이 났다. "너희 담임 선생님이 저렇게 애쓰는데, 너흰 어쩜 이렇게 말을 안 듣니. 제발 담임 말 좀 들어라. 못된 녀석들." 몇몇 아이들은 나를 불쌍하게 여겼고, 몇몇 아이들은 나를 귀찮아했다. 그리고 아마 몇몇 아이들은 나를 싫어했던 것 같다.

그렇게 매일 울면서 고3 담임을 했다. 잘하고 싶은데 아무것도 잘되지 않았다. 평생을 열심히 살아온 나는 그해에도 정말 열심히 했는데, '열심히'라는 말이 무색했다. 혼자서 사랑하고 상처받고 다시 애를 쓰고 잘해주다가 소리를 지르고. 그 1년이 지나고 나는 몸무게가 8킬로그램 정도 불어 있었고, 식이 장애와 역류성 식도염을 갖게 되었다. 나는 아이들을 사랑했지만, 진정으로 사랑하는 것이 무엇인지 몰랐다. 그 후에는 그냥 도망치고 싶었다. 끔찍했던 스물일곱의 기억으로부터.

그 기억을 다시 직면하게 해준 책이 알베르 카뮈의《이방인》이었다. 2015년 가을에 독서모임 지정도서로 읽게 된《이방인》은 나를 송두리째 바꿔놓았다. 소설의 주인공 뫼르소는 엄마의 죽음 앞에서도 슬퍼하는 모습을 보이지 않으며, 장례식 다음 날에도 여자친구와 영화를 보고 사랑을 나눈다. 그는 친구 따라 바닷가에 갔다가 한 아랍인을 총으로 쏘아 죽이게 되는데, 크게 죄책감을 느끼는 것 같지 않다. 그에게는 감정이라는 것이 존재하지 않는 것처럼 보인다. 뫼르소라는 인물을 어떻게 판단해야 하는가. 난감했다. 결국 소설 속에서 뫼르소는 사형을 선고받았고, 나는 책을 덮고 한참 동안 멍하니 앉아 있었다.

이상했다. 알쏭달쏭 이 책을 이해하지 못한 채로 며칠을 흘려 보냈다. 그런데 그 후 삶의 한가운데로 저벅저벅 뫼르소라는 인간이 들어왔다. 문득문득 생각이 났다. 그의 행동이, 그의 말들이. 그런 사람도 있구나. 그런데 나쁜 사람은 아니구나. 책을 읽다가, 커피를 마시다가, 불쑥불쑥 그가 떠올랐다. 뫼르소는 단일한 존재가 아니었다. 도저히 이해가 되지 않던 전 남자친구의 행동이 그럴 수 있겠다 싶었다. 나를 사랑한다고 해놓고, 어느 날 갑자기 전화로 이별을 고했던 그가. "쌤, 내일은 꼭 나올게요." 해놓고 코빼기도 보이지 않던 나의 아이들. 1교시부터 7교시까지 수업 내내 책상에 엎드리고 잠만 자던 아이들의 굽은 등이 떠올랐다. 그래, 그럴 수 있지. 그럴 수 있는 일인데….

학교에 안 나오는 게 뭐가 대수인가. 장래희망 따위 없으면 어때. 뫼르소가 이해가 되는데, 아이들이라고 이해 못 할 일이 아니었다. 그냥 그 존재 자체로 인정하는 일이 왜 그렇게 어려웠을까. 아이들의 힘듦은 보려고 하지도 않고, 나는 왜 세상에서 내가 제일 힘들다고 생각했을까. 호의적으로 대하지 않는다고 해서 나를 싫어하는 것이 아님을, 내 말을 듣지 않는다고 해서 나를 무시하는 것이 아님을《이방인》을 읽고 뒤늦게, 아주 뒤늦게 깨달았다.

우리는 모두 서로에게 이방인이다. 그해 가을, 나는 책 한 권으로 나라는 존재가 달라진 느낌을 받았다. 그 후 연달아 민음사에서 나온 세계문학 작품들을 게걸스럽게 읽어나가기 시작했다. 다자이 오사무의 《인간 실격》을, 도리스 레싱의 《다섯째 아이》를, 밀란 쿤데라의 《무의미의 축제》를, 마누엘 푸익의 《거미 여인의 키스》를…. 세계문학을 읽으며 그동안 내가 읽어왔던 소설의 세계에서 완전히 벗어난 느낌을 받았다. 몽둥이로 머리를 크게 얻어맞는 느낌이었다. 내가 살아온 안온한 세계에 균열이 갔다. 이 세상엔 내가 감당하지 못하는 사람들이 있다는 것, 그럴 수 없다고 생각되는 일들이 벌어지기도 한다는 것, 하지만 그것이 잘못되었다고는 아무도 함부로 말할 수 없다는 것.

우리나라의 고등학교 문학 수업에서는 세계문학을 다루지 않는다. 수능에 나오지 않기 때문이다. 수능에 나오는 문학작품은 한국문학으로 한정되고, 문학적 의의가 입증된 과거의 작품들만 출제 대상이 된다. 나 역시 그런 수업을 받았고, 따라서 당연하게도 세계문학이나 동시대 문학작품을 스무 살이 넘어서야 읽을 수 있었다.

만약 내가 《이방인》을 고등학생 때 읽었다면 어땠을까? 그럼 좀 더 넓은 사람이지 않았을까? 너무나도 협소한 세계에서 살아온 내가 조금은 더 어른스럽게 행동할 수 있지 않았을까? 그런 후회와 부질없는 가정을 하며, 마지막 학기에는 아이들과 세계문학을 같이 읽어야겠다고 생각했다. 문학 수업의 마무리를 세계문학으로 하고 싶었다.

다만 고3 2학기 수업이 제대로 진행될 수 있을까 하는 두려움은 있었다. 입시가 끝나고 나면 2학기 성적은 아이들에게 무용지물이다. 아이들이 제대로 수업에 참여하지 않을 것 같아 겁이 났다. 매 학기 다양한 활동 수업을 해왔지만 이번 학기만큼은 욕심을 내려놓자고 스스로에게 말했다. 이번 학기에 할 일은 각자 책 한 권씩을 골라 천천히, 아주 천천히 읽는 것. 책을 읽고, 기록하고, 대화한 후 마지막 과제로 자기 이야기를 담은 서평을 쓰게 하자. 대신 스스로를 깰 수 있는 책 목록을 제시하자. 그것으로도 충분하다.

알베르 카뮈, 《이방인》
다자이 오사무, 《인간 실격》
J. D. 샐린저, 《호밀밭의 파수꾼》
서머싯 몸, 《달과 6펜스》
도리스 레싱, 《다섯째 아이》
안토니오 스카르메타, 《네루다의 우편배달부》
사뮈엘 베케트, 《고도를 기다리며》

오래 고민하며 책 목록을 다듬었다. 《이방인》《인간실격》

《다섯째 아이》는 아이들이 잘 읽어낼 수 있다는 확신이 있었다. 분량이 짧으며 소설의 진행 자체가 흡입력이 넘치기 때문이다. 세 소설 모두 문제적인 인물이 등장하며, 그 인물을 어떻게 볼 것인지 우리에게 계속해서 질문을 던진다.

《네루다의 우편배달부》는 책 읽기를 잘 못하는 아이들에게 어필할 수 있는 책이라는 판단 아래 골랐다. 첫 학교에서 처음으로 고3 담임을 할 때 우리 반의 한 아이가 학급문고에 꽂혀 있던 이 책을 열심히 읽었다. 말이 없던 아이였는데《네루다의 우편배달부》를 읽고서 갑자기 문예창작과에 가겠다고 했다. 그때 그 아이가 앉았던 자리와 표정, 몸짓까지 아직도 선명하게 기억이 난다. 결국 그 아이는 문예창작과 대신 제과제빵과를 선택해서 갔지만, 이 책을 읽고 문창과를 가겠다고 마음먹었다는 것 자체가《네루다의 우편배달부》의 힘 아니겠는가.

반면에《호밀밭의 파수꾼》은 내가 좋아하는 책이 아니어서 넣었다. 나와 정반대의 취향을 가진 학생들도 있을 것 같았다. 내가 좋아하지는 않지만 많은 사람들이 좋아하는 책, 그런 책이 필요했다.《달과 6펜스》는 읽은 지 꽤 오래되었지만 당시에 받았던 충격이 생생해서 골랐다. 수업을 위해 다시 읽어보니 여전히 생생하다. 살아 있는 찰스 스트릭랜드. 역시 문제적 인물.

그리고 올해의 모험은 바로《고도를 기다리며》였다.《고도를 기다리며》는 소설이 아니라 희곡이다. 그것도 모더니즘 희곡. 흔히 부조리극으로 불리는 이 책을 나는 읽은 적도 없거니와 관심도 두지 않았었다. 그런데 2년 전 수학여행을 가는 버스에서 여학생 한 명이 이 책을 읽고 있는 걸 보고 큰 충격을 받았다. 문학소녀들은 어려운(혹은 사람들이 어렵다고 이야기하는) 책들도 곧잘 읽어내는구나. 나도 어쩌면 고정관념 때문에 읽지 못한 책들이 꽤 있을 수도 있겠구나. 1학년 2학기에 책 대화 수업을 할 때 배운 것이 있다면 책 목록의 다양성을 열어두어야 한다는 것이었다. 그래, 그럼 희곡도 한번 넣어보자. 늘 새로운 것에 도전하는 아이들이 있게 마련이다.

그렇게 선정한 일곱 권의 책을 아이들에게 정성 들여 소개했다. 아이들은 내게 책의 내용을 질문하기도 하고, 내가 견본으로 가져온 책을 뒤적이기도 하며, 그렇게 자신이 읽을 책을 신중하게 골랐다.

마지막 과제

타닥타닥. 아래아 한글을 열어 아이들에게 나눠줄 학습지를 만든다. 우리의 마지막 과제는 서평이다. 한 쪽 반짜리, 아주 짧은 서평. 예전에는 서평이라고 하면 적어도 다섯 쪽은 써야 한다고 생각했다. 처음 서평 쓰기 강의를 들었을 때, 송승훈 선생님께서 다섯 쪽은 써야 생각의 힘을 키우고 제대로 된 서평이 나온다고 하셨기 때문이다. 선생님은 '힘들지만 그렇기 때문에 의미 있는' 서평 쓰기를 제안하셨다. 그런데 아이들에게 막상 다섯 쪽짜리 서평을 받아보니… 한숨이 절로 나왔다. 아이들의 글도 글이거니와, 100명이 쓴 비슷비슷한 글을 계속 읽고 있으려니 이 글이 그 글 같고, 그 글이 저 글 같았다. 수행평가 채점이 즐겁지가 않았다. 그렇게 2013년에 다섯 쪽

짜리 서평 쓰기 수업을 한 이후, 자연스럽게 서평과 멀어졌다.

그러다 2017년 봄, 신촌의 이후북스에 갔다가 우연히 《쓰기의 말들》이라는 책을 추천받았다. 그리고 정확히 한 달 뒤, 신촌에서 그 책을 쓴 은유 작가의 글쓰기 수업을 듣게 됐다. 글쓰기 수업은 여러모로 놀라웠는데 매주 써가야 하는 글의 분량이 한 쪽 반이었다.

네? 한 쪽 반이라니, 처음에는 너무 쉬운 거 아닌가 생각했다. 그런데 수업을 듣다 보니 한 쪽 반을 넘어가는 순간 글에 힘이 빠지는 걸 알 수 있었다. 하고 싶은 이야기가 정돈되지 않고 주절주절 빠져나가는 것이다. 독자를 위한 글쓰기가 아니라 스스로를 위한 글쓰기일 때 분량은 자주 넘쳤다. 한 쪽 반 분량으로도 충분히 자기 이야기를 할 수 있다는 것이 신기했다. 분량이 중요한 게 아니구나. 짧으면서도 분명하게, 자기 생각을 드러내야, 그게 좋은 글이구나.

생각해보니 서평을 쓰는 일은 내게도 항상 어려웠다. 책을 꽤 많이 읽는 편이고, 책을 읽고 기록을 남기는 것도 좋아하는데 왜 서평 쓰는 건 이렇게 어려울까? 좋아, 제대로 된 서평을 한번 써보자. 마음을 먹고 컴퓨터 앞에 앉았는데, 어떻게 시작해야 할지 몰라 첫 문장이 나오질 않았다. 책 이야기보다는 내 이야기가 먼저 나왔다. 책에 대한 소개를 하는 건 어려웠지만, 책과 내 이야기를 엮어서 쓰는 것은 그나마 괜찮았다. 서평을 쓰자고 시작한 글은 늘 에세이로 끝났다.

그러면 과제의 형식을 조금 바꿔볼까? 한 쪽 반짜리 서평 안에 꼭 책에 대한 소개를 하지 않아도 될 것 같았다. 책에 대한 글도 좋지만 책을 읽고 떠오른 질문이나 각자의 경험을 쓴 글도 서평의 범주에 넣고 싶었다. 이 책은 나한테 뭘까? 이 책은 내게 뭘 떠올리게 할까? 가만가만 나의 독서 경험을 되짚어본다. 그렇게 아이들에게 하고 싶은 말들을 골라 서평 쓰기 학습지를 완성했다. 고맙다는 인사와 함께.

독서의 끝은 책을 덮을 때가 아니라 서평을 쓴 다음이다

서평을 쓰는 가장 큰 이유는 읽은 책을 기억하고, 자신의 생각을 정리하기 위해서입니다. 책 속의 질문이 내 삶의 질문이 되어야 합니다. 책을 읽고 떠오르는 나의 경험과 생각을 한 편의 완결된 글로 작성합니다. 글을 쓰기가 어렵다면 책을 처음부터 다시 한번 읽어보세요. 그전에는 보이지 않았던 것들이 보이는 경험을 하게 될 거예요.

- 책에 대한 글, 책을 읽고 떠오른 질문에 대한 글, 책을 읽고 떠오르는 경험에 대한 글 모두 가능합니다.

- 책의 줄거리는 쓰지 마세요. 글에 꼭 필요하다면 한 단락 이내로 쓰세요.
- 책을 바라보는 '나만의' 관점이 드러나야 합니다. 이 세상에 하나뿐인 고유한 인간인 '나'만이 쓸 수 있는 글을 씁니다.
- 꾸미지 않아도 됩니다. 솔직하게 쓰는 글이 제일 좋습니다. 글쓰기 최고의 힘은 '진실함'입니다.
- 인용을 하고 싶다면 출처를 밝히세요. 표절을 한다면 0점 처리입니다.
- 글을 쓴 후에는 꼭 퇴고를 하세요. 초고는 글이 아닙니다. 계속 고쳐 써야만 좋은 글이 나옵니다.
- 선생님의 첨삭을 받고 싶다면 과제 제출 전 미리 이메일로 보내주세요.

그동안 힘들고 빡센 국어 수업 받느라 고생 많았어. 책으로, 문학으로, 모두가 한 뼘씩 성장했기를 진심으로 바라. 고마워.

-고운쌤

몇 줄의 인사

마지막 과제 제출일.

카페에 글이 하나둘씩 올라오고, 카페에 글을 공개하기 어려워하는 아이들은 내게 따로 메일을 보냈다. 과제를 보낼 때는 제목도 내용도 없이 첨부파일만 띡 하고 오는 경우가 대부분이었는데, 이번에는 마지막 국어 과제라는 사실이 아이들에게도 다르게 와 닿았나 보다. 과제와 함께 몇 줄 안 되는 짧은 말들을 건넨다.

그걸 하나하나 읽어보다가 괜히 눈물이 핑 돌았다. 내가 하는 일들이 그래도 의미 없는 일은 아니었구나 하는 안도감, 3년의 시간에 감사를 표할 줄 아는 아이들에 대한 대견함과 고마움. '내가 느끼는 것을 너희도 느끼는 걸까?' 하는 묘한 공감.

2학기 수업을 제대로 하지 못해서 답답함과 죄책감이 뒤섞여 있었는데 이 몇 마디 말들로 움츠러들었던 마음이 풀어지는 걸 보니 웃기기도 하고 머쓱하기도 하고 그렇다. 더 잘해야지. 더 좋은 수업을 해야지. 그렇게 다짐하게 되는 11월의 아침.

우주가 우리에게 준 두 가지 선물

졸업식을 했다. 졸업식을 하는 날 아침까지만 해도 별 생각이 없었는데, 졸업식에 참석하지 못해 인사를 미리 남긴다는 진웅이 어머니의 문자를 받고 정신이 확 들었다. 여태껏 감사했다는 말과 함께 졸업하는 아이들에게 마지막 당부의 말을 해달라는 것이다. "마지막으로 남은 학문의 장에 아이가 가져야 할 가치관이 뭐가 되어야 할지 좋은 말씀 부탁드립니다."

머리가 아픈 와중에 1, 2학년 종업식에 참석해 다른 학교로 전근을 가시는 선생님들의 이임인사와 명예퇴임을 하시는 체육 선생님의 마지막 말씀을 들었다. 그래, 마무리를 잘 해야겠다. 교무실에 돌아가 컴퓨터의 워드프로세서를 열고 문장 몇 개를 썼다. 마지막 종례. 열여덟의 봄을 기억하라. 사랑하는 힘과 질문하는 능력. 스스로 생각하고 행동하는 건강한 시민.

"6반아, 마지막 종례네. 마지막이라고 생각을 하니까 졸업하는 너희들에게 무슨 말을 해야 할지 너무 어려운 거야. 그래서 곰곰이 생각을 해봤어. 나는 고등학생 때 선생님으로부터 어떤 말을 들었지? 내게 지금 남아 있는 건 어떤 말이지? 하고.

내가 국어교사가 된 건, 고등학교 때 좋아했던 국어 선생님 덕분인데, 그 선생님이 3월 14일에 전근을 가셨어. 3월 14일이 어떤 날이게? 맞아, 화이트데이야. 그때 우리 학년이 500명이 넘었는데 500명 넘는 전교생 모두에게 츄파춥스를 하나씩 선물하고 가셨어. 그 선생님이 우리에게 남기신 마지막 말이 '열여덟의 봄을 기억하라'였어.

'열여덟의 봄. 다신 돌아오지 않을 열여덟의 봄'. 그 선생님 말 덕분에 나는 봄을 제대로 기억하려고 애썼어. 열여덟의 봄은 살면서 두 번 다시 돌아오지 않으니까. 벚꽃이 피고 지는 걸 유심하게 살펴봤어. 봄바람을 맞을 때는 그 공기의 냄새를 맡아봤어. 앞으로 살아가면서 열여덟의 봄을 계속 꺼내볼 수 있도록 순간순간을 각인하려고 애썼어. 그러다 보니 열아홉의 봄, 스무 살의 봄, 스물한 살의 봄… 매년 봄이 새롭게 기억되더라. 벚꽃이 필 때마다 그런 생각을 한 거야. 아, 이 순간을 꼭 기억해야지. 피부에 새겨야지.

그 선생님의 말을 빌려 너희에게도 그런 부탁을 하고 싶어. '스무 살의 봄을 기억하라.' 다시 돌아오지 않을 스무 살의 봄을 기억해줘. 누군가는 대전에서, 누군가는 대구에서, 또 누군가는 학원에서 맞는 봄일지라도 이 순간은 다시는 돌아오지 않으니까. 그러면 언제든 스무 살로 돌아가볼 수 있을 거야.

그리고 내가 너희에게 들려주고 싶은 두 번째 이야기는, 메리 올리버라는 시인이 한 말이야.

'이 우주가 우리에게 준 두 가지 선물은 사랑하는 힘과 질문하는 능력이다.'

음… 잘 몰랐는데 이 문장을 쓰고 생각해보니까, 내가 학교에서 하고 싶은 게 이거였던 거 같아. 담임으로서는 너희를 많이 많이 사랑하려고 했고, 수업에서는 너희에게 계속 질문하게 하고, 생각하게 하려고 했어. 언젠가 〈파수꾼〉 수업을 하고 나서 '스스로 생각하고 행동하는 건강한 시민이 되자'는 얘기를 너희에게 한 적이 있었어. 샘은 그게 질문으로 가능할 거라고 생각했어.

많이 많이 사랑하고, 많이 많이 질문하면 좋겠어. 그게 이 우주가 우리에게 준 선물이라고 하니까. 지난 3년간 함께해서 많이 좋았고, 또 좋았다. 나의 마지막 두 가지 당부를 기억해주면 정말 기쁠 것 같아. 졸업장은 교장 선생님이 주실 거야. 자, 이제 강당으로 내려가자. 모두들 그동안, 고마웠어."

말을 고르고 골라가며 천천히 이야기를 했다. 중간중간 말을 멈추기도 하고. 마지막이라서 그런 걸까? 제대로 준비하지 못한 말인데도 아이들은 무척이나 주의 깊게 내 얘기를 들어주었다. 다행이라고 생각하며 아이들과 함께 강당으로 내려갔다. 졸업식이 시작되기 전 자리를 정비하고 이리저리 모이고 있는데 나를 본 하림이가 슬며시 다가와 편지를 전해준다. 그리고 갑자기 예찬이, 준희, 유라, 용현이… 1학년 때 담임을 했던 반 아이들이 내 주변으로 모여든다. "쌤, 저희 1학년 6반 모였어요!"

3년 전 내가 무척이나 예뻐한 아이들. 작년 졸업사진 찍을 때도 모였고, 결혼식 깜짝 영상 선물 때도 등장하더니, 졸업식 날까지 이런 뜻밖의 감동을 준다. 우는 듯 웃으며 다 같이 모여서 사진을 찍었다. 바야흐로 매달 찍던 월말사진의 대단원이다.

학부모들이 모두 자리하고, 3학년 1반 1번부터 졸업장 수여가 시작되었다. 아이들 한 명, 한 명 강당 위에 사진과 이름이 바뀔 때마다 나도 모르게 코끝이 시큰해지더니 어느 순간 눈물이 흘렀다. 눈물이 날 거라고는 전혀 예상을 못 했는데, 이게 다 교무부에서 틀어놓은 감정을 자극하는 배경음악 때문이다. 옆자리 지영샘이랑 계속 울다가 드디어 우리 반 차례. 교장 선생님께 졸업장을 받고 내려온 여자아이들을 한 명씩 꼭 안아주었고, 남자아이들과는 악수를 하며 축하의 말을 전했다. 끝내 한 명이 오지 않아서 마음이 영 이상했다.

축하와 감사의 인사와 함께 다정한 눈짓과 포옹이 오가는 졸업식을 마치고, 아이들 몇 명 학부모님 몇 분께 붙잡혀 선물과 꽃다발을 받고 사진을 찍었다. 교무실로 들이닥치는 아이들과 농담을 주고받다가 어느 순간 학교 전체가 조용해졌다. 운동장을 가득 채웠던 자가용들이 썰물처럼 빠져나간 빈 자리. 양손에 꽃과 선물, 마음을 가득 담은 편지를 들고 운동장을 천천히 걸어갔다.

안녕, 나의 25기.

나의 한곽 생활을 함께해줘서 고마웠어.

닫는 글_

일상의 숲에서

책을 읽는 것, 영화를 보는 것, 전시와 연극을 보고, 여행을 떠나는 것, 음악을 듣는 것, 새로운 사람을 만나 대화를 하는 것, 서점 탐방을 하며 책 구경을 하는 것, 새로 생긴 작은 가게들을 요모조모 살피는 것. 이 모두가 수업의 좋은 재료가 될 수 있다고 생각한다. 하나하나 그냥 흘려보내지 않으려고 한다. 일상의 숲을 마구 헤치고 다니다가 새로 난 풀잎들, 바닥에 떨어진 작은 열매들, 하늘을 떠다니는 뭉게구름들, 그런 것들을 하나하나 모은다. 그렇게 숲에서 모아온 것들을 어느 순간 가만히 살피고, 다듬어서 수업과 짝을 지어준다.

2015년 5월. 연극 〈푸르른 날에〉와 서정주의 〈푸르른 날〉
2015년 6월. 마크 로스코의 〈레드〉와 김수영
2015년 10월.《젊은작가상 수상작품집》과 젊은시인상
2016년 4월. 정혜윤의《사생활의 천재들》과 세월호 낭독회
2016년 2학기. 프리모 레비의《주기율표》와 독서멘토링
2017년 2학기. 은유의 논픽션 쓰기 수업과 합평 수업
2018년 5월. 아즈마 히로키의《약한 연결》과 윤동주 문학 답사
2018년 6월. 고요서사 소설 읽기 수업과 이상의 〈날개〉 수업
2019년 4월. 고요서사 김현 낭독회와 '나의 노래' 수업

친구들은 내게 호들갑이 심하다고 했다. 고등학생 때 별명이 '하들갑'이었다. 날씨가 좋으면 '우아', 아파트 단지에 라일락이 피면 '우아', 커피가 맛있으면 '우아', 우연히 집어든 책이 재밌으면 '우아 우아 우아'. 다들 뭘 그리 호들갑이냐 했지만 나는 삶에서 경험하는 매 순간이 신기하고 재미있었다. 그걸 놓치고 싶지 않았다.

일상에서 마주한 배움들, 영감들을 교실로 가져왔다. 그러다 보니 내 삶의 고민이 수업을 이끌어가는 동력이 되었고, 학교와 수업에서 마주치는 문제들이 삶으로 이어졌다. 삶과 수업이 별개가 아니게 되었다. 좋은 건 나누고 싶었다. 일상의 보석 같은 순간들을 학교로 옮겨올 수 있다는 것이 행복했다.

내가 아이들보다 나은 게 있다면 그건 아이들보다 책을 조금 더 많이 읽는 것, 혹은 입시를 향해 질주하는 아이들에 비해 삶을 좀 더 다양한 방식으로 향유하는 것. 그게 다였다. 그럼 그걸 아이들과 나눠야지. 그런 마음으로 수업을 준비했다.

일상의 영감을 수업으로 기획할 수 있었던 가장 큰 힘은 블로그였다. 스무 살 때 블로그를 개설해서 매일 일기를 썼다. 오늘 있었던 일, 앞으로 해야 할 과제, 주기적인 다이어트 다짐과 같은 아주 사소한 일상의 일기였고, 무척이나 유아적이고 단편적인 글들이었다.

임용고사에 합격한 이후에는 어리고 철없는 시절의 나와 작별하고 싶었다. 새로 태어날 거야! 2011년 여름에 물꼬방 독서교육 연수를 다녀온 이후 '기운 센 국어교사'라는 폴더를 만들었다. 조금씩 달라지고 싶었다. 수업이 잘되든 못되든 일단 글을 쓰기 시작했다. 수업 준비를 할 때 여러 블로그를 돌아다니며 아이디어를 많이 얻었기에 나도 이참에 정리를 해보자 하는 마음도 있었다. 그렇게 수업일기를 써나갔다.

블로그에 글을 한 편 쓰고 나면 뿌듯한 마음이 일었다. 별것 아닌 글인데도 괜히 다시 읽어보고, 한 번 더 읽어보고 했다. 글을 쓰다 보면, 글은 내가 생각지 못했던 곳으로 나를 데려가곤 했다. 블로그는 나만의 아카이브가 되어 나의 일상을 더 풍요롭게 만들어주었다. 글을 쓰며 이리저리 그 공간을 탐색하다 보면 생각지 못했던 수업의 아이디어들이 떠오르기도 했다.

교과서 없는 수업을 겁 없이 기획하고, 또 지속할 수 있었던 이유는 그 길을 먼저 간 선배들이 있었기 때문이다. 울산의 박혜숙 선생님은 만날 때마다 늘 차분한 목소리로 요즘 읽는 책 이야기를 해주곤 했다. 독서동아리 아이들과 책 모임을 꾸리고, 지역 모임 선생님들과 인문학 강연을 열었다. 그렇게 공부하고 배운 것들을 수업으로 엮어가는 선생님의 모습을 보면서 국어 수업은 교과서에만 있지 않다는 것을, 삶과 수업이 일치할 수도 있다는 것을 알게 됐다.

> 캄캄한 밤길을 끝없이 걸어갈 때 힘이 되어주는 것은 튼튼한 다리도 억센 날개도 아닌, 친구의 발걸음 소리이다.

책을 읽다 우연히 발견한 발터 벤야민의 문장이다. 내가 좋아하고 존경하는 동료 선생님들을 생각하며 이 문장을 꼭 쥐고 산다. 숲길을 걷는다. 전국에서 캄캄한 밤길을 걷고 있는 친구들과 함께.

부록

나의 책꾸러미

수업의 방향을 생각할 수 있게 도와주는 책

도널드 L. 핀켈, 《침묵으로 가르치기》, 다산초당, 2010

교사가 침묵할 때 비로소 학생들이 말하고, 탐구하고, 글 쓰고, 학습을 일으키는 경험을 할 수 있음을 알려주는 지침서. 학생 중심 수업을 설계할 때 꼭 필요한 책이다. 수업을 대하는 마음가짐이 달라진다.

이계삼, 《삶을 위한 국어교육》, 교육공동체벗, 2013

교과서 없는 수업의 가능성을 보여준 책. 교육과 사회를 대하는 선생님의 정성스럽고 진실된 자세와 더불어 수업을 통해 아이들과 삶을 나눈다는 것이 어떤 의미인가를 알려준다. 수업 사례와 수업 자료가 많아 실질적인 수업 계획에도 큰 도움이 된다.

송승훈 외, 《함께 읽기는 힘이 세다》, 서해문집, 2014

독서교육에 관심이 있다면 꼭 읽어볼 만한 책. 국어과뿐만 아니라 다른 교과에서 어떻게 독서교육을 실천하고 있는지, 서로 다른 교과의 교사들이 각자 어떤 마음으로 독서수업을 꾸려가는지 알 수 있다.

댄 로스스타인 외, 《한 가지만 바꾸기》, 사회평론아카데미, 2017

질문으로 수업을 이끌어가는 방법을 알려주는 책. 학생들이 질문을 만들고, 다듬고, 우선순위 질문을 정하고, 적용하는 일련의 과정을 소개하면서 질문이 우리의 수업과 삶 속에 진하게 녹아들 수 있도록 도와준다.

문학을 공부하는 데 탁월한 책

김연수, 《소설가의 일》, 문학동네, 2014

'소설이란 무엇인가'라는 질문에 대한 위트 넘치면서도 간절한 대답.

김형수, 《삶은 언제 예술이 되는가》, 아시아, 2014

대학에서 문학을 강의한 작가가 들려주는 문학의 엑기스. 자신이 직접 겪은 일화나 주변의 이야기로 알기 쉽게 문학의 본질에 대해 알려준다. 교사가 읽어도 좋고, 아이들에게 전해줄 때도 도움이 되는 이야기들이 즐비하다.

김영하, 《말하다》, 문학동네, 2015

김영하 작가가 강연에서 한 이야기를 묶은 에세이집. 글을 쓴다는 것의 의미, 예술가로 살기, 그리고 '책의 우주'와 같이 문학과 관련된 탁월한 어휘들을 이 책에서 주로 익혔다.

황현산, 《우물에서 하늘 보기》, 삼인, 2015

문학평론가 황현산 선생님이 대중들을 위해 알기 쉽게 시를 설명한 책. 칼럼 형식으로 묶여 있어서 학생들과 읽기에도 크게 부담스럽지 않다. 무엇보다 교사가 이 책을 읽는 동안 시를 보는 안목이 길러질 것이다.

신형철, 《슬픔을 공부하는 슬픔》, 한겨레출판, 2018

글을 잘 쓰기로 소문난 문학평론가 신형철의 산문집. 문학과 영화, 정치와 사회 문제를 작가 특유의 깊고 묵직한 이해와 정확하고도 탁월한 문체로 들려준다. 이 책을 읽는 것만으로도 사유가 깊어지는 경험을 할 수 있다.

김경희 · 진은영, 《문학, 내 마음의 무늬 읽기》, xbooks, 2019

누구나 시인이 될 수 있다는 믿음을 전파하는 책. 예술가로 살고 싶었지만 왠지 예술가라고 하면 나와는 멀게만 느껴졌던 아쉬움이 이 책을 통해 완전히 사라졌다. 학생들과 함께할 수 있는 즐거운 시 창작 아이디어들로 가득하다.

생각이 깊어지는 책

황현산, 《밤이 선생이다》, 난다, 2013

생각이 깊어지는 책. 별다른 소개가 필요 없다. 이 책을 읽는 순간 단번에 알 수 있다.

정희진, 《정희진처럼 읽기》, 교양인, 2014

책을 읽어야 하는 이유에 대해 완전히 새로운 시각으로 접근하는 책. 2020년에 발간된 '정희진의 글쓰기' 시리즈 역시 강력 추천한다. 읽기와 쓰기를 이전과는 다른 관점에서 바라보게 될 것이다.

신영복, 《담론》, 돌베개, 2015

"사람의 생각은 자기가 살아온 삶의 결론입니다. 대단히 완고한 것입니다. 다른 사람이 설득하거나 주입할 수 있다고 생각하면 안 됩니다. 그렇기 때문에 강의의 상한上限이 공감입니다."

서경식, 《내 서재 속 고전》, 나무연필, 2015

내가 이전보다 신중해지고 조금 더 회의하고 얼마간 멈춰 서게 되었다면 그건 전적으로 이 책 덕분이다. 책으로 우리가 조금씩 바뀔 수 있다는 사실, 힘들어도 책에 기대면서 살아갈 수 있다는 사실, 그런 걸 알려준다.

고병권, 《묵묵》, 돌베개, 2018

철학자 고병권이 노들야학에서 장애인들과 수업하며 겪은 일화와 사유를 담은 책이다. 담담하고도 정돈된 문체로 스스로를 돌아보는 저자의 모습을 보며 곰곰 생각에 잠기게 된다.

은유, 《다가오는 말들》, 어크로스, 2019

이 책을 읽기 전에는 왜 몰랐을까? 그냥 무심하게 넘긴 일들이 너무 많다. 내 앞의 편견을, 혐오를, 부조리를, 상처를…. 하나의 사건을 약자의 입장에서 재구성하는 일은 그래서 중요하다. 섬세하고도 예리한 시선을 이 책을 통해 배운다.

글쓰기 수업에 도움을 주는 책

은유, 《글쓰기의 최전선》, 메멘토, 2015

글쓰기 책을 딱 한 권만 추천하라면 바로 이 빨간 책이다. 나의 글쓰기 스승, 은유. 은유 덕분에 글쓰기의 세계에 진입한 사람이 어디 나뿐일까. 글을 써야 하는 이유와 구체적으로 쓰는 방법, 합평과 낭독 그리고 필사라는 비기부터 인터뷰 방법까지 글쓰기의 A to Z를 엿볼 수 있다.

이오덕, 《이오덕의 글쓰기》, 양철북, 2017

초등학교 교사로 오래 활동해온 이오덕 선생님은 화려하고 휘황찬란한 글보다 정직하고 소박한 글을 귀하게 여긴다. 글쓰기에서 중요한 것이 무엇인지 다시 생각하게 한다.

우치타 타츠루, 《어떤 글이 살아남는가》, 원더박스, 2018

우치타 타츠루의 '창조적 글쓰기' 마지막 강의를 책으로 엮었다. 타국의 명강의를 책으로나마 접할 수 있다는 것이 얼마나 다행인지. 그동안 왜 글쓰기를 어려워하고 싫어했는지 이 책의 첫 장을 읽으면 알 수 있다. 글쓰기를 시작할 용기를 준다.

김정선, 《내 문장이 그렇게 이상한가요?》, 유유, 2016

'내가 쓴 글, 내가 다듬는 법'이라는 부제를 달고 문장 다듬는 법을 알려주는 책이다. 문장만 잘 다듬어도 글은 훨씬 매끄러워진다는 것을 알 수 있는, 구체적인 도움을 주는 실용서.

교무실 책장에 꽂아두면 든든한 책

김병섭 · 김지운, 《국어시간에 영화 읽기》, 휴머니스트, 2015

학생들과 보고 이야기하기 좋은 영화 목록과 수업 사례들이 함께 실려 있다. 영화 수업을 꿈꾸는 교사들에게는 무척 소중한 수업자료.

김병섭 · 박창현, 《여고생 미지의 빨간약》, 양철북, 2015

방과후 단편소설 읽기반 수업에서 일어나는 이야기를 연작소설 형식으로 엮었다. 실제로 방과후 수업 때 진행한 단편소설 수업사례를 소설 형식으로 엮은 것이라 몰입도가 높고, 단편소설 수업의 구체적인 팁을 얻을 수 있다.

천정은, 《당신의 교육과정 수업 평가를 응원합니다》, 맘에드림, 2017

교사라면 누구나 '교수평기(교육과정, 수업, 평가, 기록) 일체화'라는 말을 들어보았을 것이다. 광주의 한 중학교에서 어떻게 교수평기를 일체화해서 학교 문화를 만들어왔는지 그 사례를 상세하게 소개한다.

송승훈 외, 《한 학기 한 권 읽기》, 서해문집, 2018

수업시간에 학생들과 할 수 있는 '한 학기 한 권 읽기' 방법이 구체적으로 소개되어 있다. 실제 학교 현장에서 오랫동안 시도되고 널리 퍼진 독서교육 방법들을 상세하게 풀어 바로 적용하기에 손색없다.

송승훈, 《나의 책 읽기 수업》, 나무연필, 2019

독서교육 실천가로 20년 넘게 활동해온 송승훈 선생님의 독서교육 노하우를 담았다. 짧지만 정확하고 핵심을 짚는 문장들로 그득해서 읽는 맛이 난다. 다른 교과에서 독서교육을 하는 방법도 일목요연하게 정리되어 있다.

삶을 고민하게 하는 책

반 고흐, 《반 고흐, 영혼의 편지》, 예담, 2005

평생 동안 가난 속에서 그림을 그려온 반 고흐가 자신의 동생에게 보낸 편지를 모은 서간집이다. 한 사람의 내면에서 흘러나오는 진실된 이야기를 읽는 것만으로 영혼이 정화되는 듯한 느낌이 든다.

프리모 레비, 《이것이 인간인가》, 돌베개, 2007

아우슈비츠 생존자인 작가가 자신의 당시 경험을 담담하게 들려준다. 책을 읽으며 '이것이 인간인가' '인간이란 무엇인가'를 생각하게 한다. 프리모 레비의 다른 저작인 《주기율표》 역시 뜨거운 마음으로 추천하고 싶다.

정혜윤, 《사생활의 천재들》, 봄아필, 2013

라디오 PD인 작가가 자신이 만난 사생활의 천재들을 인터뷰하여 정리한 책이다. 그들의 삶의 모습에서 '나'를 다시 돌아볼 수 있다. 더 나은 나를, 더 옳은 삶을 꿈꾸게 한다.

존 윌리엄스, 《스토너》, 알에이치코리아, 2015

'사는 게 뭘까?' 고민될 때, 힘을 얻고 싶을 때, 타인의 삶에서 용기를 얻어 살아갈 힘을 얻어야 할 때.

여러 가지 수업의 아이디어를 주는 책

필립 퍼키스, 《필립 퍼키스의 사진강의 노트》, 안목, 2011

학교에서 40년 동안 사진을 가르쳐온 사진작가가 들려주는 짧지만 강렬한 강의. 사진을 가르치는 사람의 태도에서 배울 점이 많다. 사진 한 장으로 시작되는 질문과 논쟁 또한 그러하다.

마스다 무네아키, 《지적 자본론》, 민음사, 2015

디자인과 관련된 책을 좋아한다. 수업 또한 디자인이라는 범주에서 바라볼 수 있기 때문이다. 특히 각자의 삶을 디자인하고, 기획해나간다는 책의 아이디어 자체가 마음에 들었다.

수전 손택, 《수전 손택의 말》, 마음산책, 2015

삶을 응원해주는 숨결 같은 책이다. 삶을 대하는 태도나 대상을 바라보는 방식이 우아하고 지적이어서, 이 책을 읽는 것만으로 똑똑해진 기분이 든다. 단단하고 곧은 사유의 힘을 느낄 수 있다.

금정연 · 김중혁, 《탐방서점》, 프로파간다, 2016

이제는 절판되었지만 이 책을 읽으며 처음으로 서점의 매력을 알게 됐다. 서울의 독립서점들이 어떻게 태어났고, 어떤 가치관으로 운영되고, 또 어떤 이벤트들을 하고 있는지 소개한 책. 이를 통해 수업 아이디어나 독서교육 행사 기획 등에도 큰 도움을 받았다.

고레에다 히로카즈, 《영화를 찍으며 생각한 것》, 바다출판사, 2017

일본의 영화감독 고레에다 히로카즈를 좋아해서 읽게 됐다. 예술가이자 상업영화를 찍는 감독으로서 세상을 바라보는 시선이나 삶의 태도에 배울 만한 점이 많다. 좋은 교사는 어떤 사람이어야 하는지 계속 생각하게 된다.

재미있고 감동적인 독립출판물

이내, 《모든 시도는 따뜻할 수밖에》, 이후진프레스, 2018

담담하게 들려주는 동네가수 이내의 목소리에 따뜻함을 전해 받는다. 우리에게 지금 필요한 것은 조금은 가벼운 마음과 옆에서 함께해줄 동료라는 것을 새삼 깨닫게 해주는 책.

이슬아, 《일간 이슬아 수필집 2018》, 헤엄출판사, 2018

말랑말랑하다가도 심장이 콱 조이고, 그러다 또 유순하게 풀어지는 마음을 느낄 수 있다. 글이 가지고 있는 힘을 이 수필집으로 새삼 깨닫는다. 학생들과 같이 나누고 싶은 글감이 많다.

강민선, 《상호대차》, 이후진프레스, 2018

책을 좋아하는 마음이 오롯이 느껴지는 책. 서평가가 아니라도 보통 사람이 서평집을 쓰고 책을 낼 수 있다는 사실이 감격스럽다. 이 책을 읽으며 독립출판을 기획하고, 나의 책 읽기를 돌아보게 되었다.

원도, 《경찰관속으로》, 이후진프레스, 2019

3년차 경찰관으로서 초심을 잃어가는 기록을 글로 남기고 책으로 엮었다. 그동안 경찰관이라는 직업을 얼마나 함부로 단정 짓고 상상해왔는가를 뼈저리게 알았다. 우리 모두 각자의 직업에 대해 이야기할 필요가 있다.

인용문 출처 목록

앨런 베넷, 〈히스토리 보이즈〉

나짐 히크메트, 〈파라예를 위한 저녁 9시에서 10시의 시; 1945년 9월 24일〉

최두석, 〈노래와 이야기〉, 《성에꽃》, 문학과지성사, 1990

정혜윤, 《삶을 바꾸는 책 읽기》, 40쪽, 민음사, 2012

박연준, 《인생은 이상하게 흐른다》, 253쪽, 달, 2019

함성호, '문장을 찾아서', 〈악스트 3호〉, 20쪽, 은행나무, 2015

자크 랑시에르, 양창렬 옮김, 《무지한 스승》, 35쪽, 궁리, 2016

정성일·정우열, 《언젠가 세상은 영화가 될 것이다》, 86쪽, 바다출판사, 2010

김형수, 《삶은 언제 예술이 되는가》, 34쪽, 아시아, 2010

고병권, 《다이너마이트 니체》, 28~29쪽, 천년의상상, 2016

사이토 마리코, 《단 하나의 눈송이》, 13~15쪽, 봄날의책, 2018

김현, 《걱정 말고 다녀와》, 89~90쪽, 알마, 2017

신해철, 〈민물장어의 꿈〉

동물원, 〈시청 앞 지하철역에서〉

전람회, 〈졸업〉

읽어주셔서 고맙습니다.

이 책이 당신에게
무언가를 떠올리게 한다면
참 좋겠습니다.